Cronianta

Ana Caravaca Caballero

PORTADA: Montañas del Condado de Wicklow (Irlanda)

Cronianta
(La comunidad del tiempo)

Julio 2024

Impreso en España

ISBN: 978-84-09-64229-8

A todos los que no terminan de encontrarle un sentido a la vida.

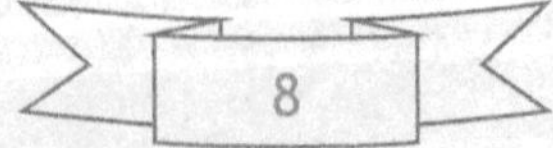

CRONIANTA

El forastero se fue de Cronianta, con las manos en los bolsillos repletos de tiempo y algo de dinero. Al fin y al cabo, tampoco le hubiera servido de nada aquí.

El frío de la mañana cristalina cortaba dedos y narices. El tibio sol iluminaba las amplias estepas cubiertas con mantos de umbría, erizando el vello y dando lugar a fugaces noches. Esa mañana, Cronianta era un paisaje diáfano, compuesto por lejanos valles, cuyas lomas estaban parcheadas por los cúmulos empujados por la brisa.

El forastero llegó a las puertas de Cronianta. Antes tuvo que dejar los papeles tintados y los botones de metal, con los que, en su mundo, solía obtener las cosas.

—¿Qué es eso, forastero? —le preguntó el soldado a la entrada del país.

—Dinero —exclamó el hombre.

—¿Dinero? —repitió el soldado, al tiempo que trataba de morder una de esas láminas redondas con forma de moneda—. Aquí no te sirve de nada esto. Es pura chatarra. —Y haciendo un gesto a otro soldado de menor rango, dio indicaciones para que lo guardaran todo en una caja y lo repartieran entre los niños.

El forastero obedeció y solo así pudo acceder al interior de Cronianta. El oxígeno le hinchaba los pulmones, al tiempo que una sensación de euforia le embriagaba al contemplar aquella planicie tan vacía de todo: “Einstein tenía razón”, pensó por un momento. "El espacio y el tiempo son íntimos amigos, jamás he sentido una tierra tan plena".

A partir de aquí debía deambular solo. Buscarse la vida sin dinero en una región donde lo único que valía era el tiempo y todo transcurría al revés de donde venía. Los pájaros cantaban antes de irse a dormir; los niños jugaban todo el día y solo si lo habían hecho bastante y bien, podían ir al colegio; las mujeres trabajaban mientras los hombres permanecían en casa; los animales salvajes deambulaban a sus anchas porque, entre otras cosas, nadie tenía miedo a nada. Las casas permanecían con las puertas abiertas, los hombres tomaban ceniza y exhalaban fuego, las mujeres primero parían y después engordaban, y sus habitantes enfermos solo gozaban de períodos de salud. El forastero no daba crédito a lo que veía en cada rincón de este pequeño mundo, pero a medida que avanzaba, iba aprendiendo cosas nuevas.

Entre su gente, había una forma de intercambio que era el tiempo. Quien quisiera algo de alguien, debía corresponderle con su dedicación.

—Herrero, necesito que me arregles la puerta de mi casa. De tanto tenerla abierta se ha encasquillado la bisagra.

—Está bien, iré a tu casa y arreglaré tu puerta —contestaría el herrero—. Pero a cambio tú vienes a la mía para estar un rato con mi mujer y mis hijos.

"Los pactos entre esta gente son un tanto extraños", pensó para sí el forastero. "Pero veré si lo he comprendido", y dicho esto, se acercó a una mujer que, sentada junto a su casa, bordaba una manta del tamaño de un área de labranza.

—Mujer —titubeó el hombre, al ser la primera vez que iba a hablar con un habitante de Cronianta—. ¡Qué manta tan grande está bordando! ¿Cuánto mide?

—Una hectárea, caballero —respondió ella, malhumorada.

—¿Y para qué la está haciendo? —insistió él.

—Para cubrir a Cronianta cuando vengan las nieves del invierno.

—Pero... —quiso continuar.

La mujer refunfuñó y le hizo un gesto como indicándole que fuera al grano.

—Me está haciendo perder el tiempo, forastero. ¿No se da cuenta de que soy pobre?

El hombre dudó por un momento, pero con afán de ayudarla, le volvió a decir:

—Solo una cosa más, mujer. ¿Cómo le podría yo dar mi tiempo?

La mujer lo miró y se rió con desgana. Estaba claro que aquel hombre era extranjero, de lo contrario no hubiera hecho semejante pregunta. Con las mismas, se levantó y, dándose media vuelta, entró en su casa y cerró la puerta, indicándole al forastero que no la siguiera. Aquella fue la primera puerta que se cerró en Cronianta en sus siglos de existencia. El portazo provocó un eco que retumbó por las esquinas de las calles y, como un repiqueteo, se trasladó entre las montañas. Las nubes avanzaron más aprisa y todos, alertados por el sonido del portazo, acudieron asustados al lugar donde se había producido.

Cuando llegaron, se encontraron al forastero sentado y profundamente triste. No comprendía por qué de pronto todos estaban allí, frente a él, murmurando y señalándolo con el dedo. Poco a poco, al ver la actitud derrotista del hombre, se fueron relajando, llegando incluso a sonreír. Otros, en cambio, gritaron a la mujer que saliera, que era un simple forastero, no un ladrón como ella había pensado, dispuesto a robarle el poco tiempo que le quedaba para ella y sus hijos. Entonces, la mujer salió a pedirle disculpas.

—Me tendrá que perdonar —sollozó ella, dirigiéndose al hombre aún sentado en el zócalo de su puerta—. Aquí nunca ha habido un ladrón que nos haya robado el tiempo. Y al verle así, con esa facha... pensé que lo era.

Los habitantes de Cronianta se echaron a reír mientras el forastero se levantaba de un brinco. No solo no entendía nada, sino que pensaba que había accedido a un país de locos.

—No he venido a robarle el tiempo a nadie —exclamó. Y, alejándose de aquel barrio de chamizos hacinados y callejuelas estrechas, volvió a recordar a Einstein. Estaba claro que se encontraba en la zona más pobre del país.

Caminó sin rumbo varios días y varias noches. La gente comía tan solo una vez al día y algunos cada dos o tres. En cambio, él desfallecía por momentos: "me muero de hambre" pensó, "pero no sé cómo puedo obtener alimento en esta tierra donde no sirve de nada el dinero" y, echando mano de una moneda guardada en el dobladillo de su pantalón, pensó si serviría de algo entregársela a alguien por un trozo de pan.

"Buscaré sustento en aquella cabaña junto al río, al fin y al cabo, está alejada de todo y hay mucha naturaleza alrededor. ¡Seguro que su dueño tiene algo que ofrecerme!"

Cuando llegó, se encontró a un hombre leyendo junto a la chimenea. Era la décima vez que leía "Las viejas enseñanzas del maestro Riu".

—¿Y por qué las ha leído tantas veces? —le preguntó el forastero, después de haber entablado conversación con el abuelo.

—Porque cuanto más las leo, más desaprendo. La primera vez me conmovieron tanto que me cambiaron la vida, hasta el punto de venirme a vivir fuera de la civilización. Ahora, debo olvidarlas para regresar.

El forastero, estupefacto por la respuesta, no quiso seguir preguntando, ya que sabía que allí era un gesto de mala educación y, por muy rico que fuese ese hombre, no le quería robar su tiempo.

—Me quedan doce años para que no me acuerde de una sola palabra de ellas. Y no sé si me dará tiempo. Así que dígame qué desea y si puedo se lo concederé.

El forastero le mostró la sucia moneda y, sin dilación, le pidió un trozo de pan.

—Tengo mucha hambre —exclamó.

El viejo cogió la moneda y, observándola detenidamente como quien recuerda haberla visto antes, comenzó a reír.

—¿Qué le hace gracia? —le preguntó el visitante, con el estómago lleno de aire y gruñendo por el ayuno.

—¡Me recuerda a otro extranjero que vino hace ya mucho tiempo! ¡Traía muchas de estas! ¿Cómo se llaman? ¡Ah sí, monedas!, ¿no? Pero no traía nada de tiempo. Estaba siempre agobiado, yendo de un sitio a otro con prisa.

El forastero, interesado por la presencia de alguien similar a él, preguntó por su destino.

—¿Y...qué fue de él?

—¡Imagínese! —reía el viejo, mostrando su boca desdentada—. ¡Espere, que usted mismo lo va a ver! ¡Venga conmigo! —y, conduciéndolo a la ventana, le mostró a un mendigo harapiento que, ajeno a los dos hombres, se movía excitado de un lado a otro, como queriendo hacer muchas cosas.

—¿Qué le pasa? —le increpó asustado el visitante al abuelo.

—¿Que qué le pasa? —no paraba de reír el maestro—. ¡Es el mendigo del pueblo! ¿A quién se le ocurre querer comprar las cosas con cachos de metal y de papel que no sirven para nada? Jua, jua, jua... se desternillaba de la risa. Además, ¡está siempre estresado! ¡Es un enfermo, un adicto sin remedio!

—¡Bueno! Entonces, ¿qué? —le preguntó ahora el extranjero, muerto de hambre, al abuelo—. ¿Cómo quiere que se lo pague?

—Está bien, está bien, no se ponga nervioso, joven. Yo hoy le daré comida a cambio de que se quede conmigo un rato.

Con eso me basta. Que me cuente de dónde viene y cómo se vive allá.

El forastero se sentó en la vieja mesa de roble y comenzó a hablar, mientras devoraba los suculentos platos que su anfitrión le ponía uno tras otro, hasta doce. Después de cuatro horas de conversación, el abuelo le rogó que se marchara.

—Ahora yo le invito a que se marche —exclamó sin más—. Le estoy muy agradecido —repitió el anciano, empujándolo hacia la puerta.

El forastero volvió de nuevo al frío de la estepa y un escalofrío le recorrió por dentro. Estaba claro que allí tenía poco o nada que hacer, pues nadie estaba dispuesto a perder su tiempo. ¿Y él? Él lo tenía, pero no sabía qué hacer con él. “En realidad, soy rico aquí, pero me siento pobre” pensó. “Pues dispongo de todo el tiempo del mundo, pero no sé a qué dedicarme”. Y con estas reflexiones divagó, deambuló y volvió a buscar cobijo en varias ocasiones, pero en ningún sitio lo querían.

—Es rico —escuchó una vez decir a un vecino tras la puerta—. Acojámosle.

—¿Es que todavía no has aprendido que nacemos con una cantidad limitada e intransferible de tiempo? —se escuchó que respondía una voz de mujer—. ¿De qué nos sirve su tiempo si solo es suyo? ¿Acaso le va a prolongar la vida a tu padre enfermo?

Así que, tras vivir como un auténtico mendigo durante varios días y varias noches y tratar de descubrir qué hacer con su tiempo, sin que le sirvieran para nada las pocas monedas que llevaba escondidas en el pantalón, el forastero decidió marcharse de Cronianta.

El frío seguía cortando dedos y narices, y Cronianta permanecía inmóvil en el horizonte lejano de las estepas. Entonces, el forastero entró en Cronianta para siempre.

CRONOS Y LA PERIODISTA

Son las siete de la tarde de un martes trece de enero. El tiempo es lluvioso y ventoso.

Así me encuentro yo. En medio de la nada. Creo que hoy he comenzado a ser consciente de mi cuerpo.

Sí. Me siento en esa edad en la que uno comienza a sentirse por partes: las articulaciones se resienten, las agujetas sobrevienen a un mínimo esfuerzo. La fatiga. La lumbalgia. Las ojeras. esas bolsas bajo los ojos. Es posible que hoy haya comenzado mi tercera vida.

Las dos anteriores son fáciles de adivinar: La primera; Leticia la soltera. La segunda; Leticia la divorciada. Y como culmen: Jon. El cambio de rasante lo he sobrevivido. Ahora vuelvo a remontar gracias a mi muleta favorita: mi profesión.

Soy Leticia Guzmán. La reportera. Saldré otra vez mañana en torno a las cinco. El noticiario sacará la mejor de mis sonrisas. Luego el lumbago me impedirá ir a la cena de colegas. Por eso, me abandonaré a los calmantes y pondré cualquier excusa. Todo menos que me siento como oxidada y vencida por el peso de la edad. Las bisagras no responden. No hay un aceite especial para esto que llaman rigidez. Los dedos entumecidos me obedecen y por eso me siento afortunada. Sí, también siento cuando mis miembros van bien. ¿No les he dicho que soy consciente de mi cuerpo? Para lo bueno y para lo malo. Me temo que estoy entrando en la vejez.

Ahora, comprendo que mi reloj biológico haya sido el que ha pautado mis pasos en todos estos años. Cronos, el dios del tiempo, al azote de las agujas de reloj.

Hoy, como cualquier otra tarde, me he sentado frente al ordenador. He de mandar la crónica de mañana. Sí, no la de hoy.

Hoy, como cualquier otro día, escribiré en mi pequeño portátil lo que ocurrirá sin duda alguna. Nunca me ha fallado mi don.

Este don que me permite predecir lo que ocurrirá y cuyas noticias abrirán la primera edición de los telediarios y serán portada de todos los periódicos. Las noticias que yo escriba serán los acontecimientos que sucedan. Por eso estoy tan cotizada. Por eso soy tan buena reportera.

Abro la carpeta "Documentos" y escribo los titulares en negrita. Fuente: 24 Arial. Doble espacio. Párrafo ajustado. Escribo:

"Ha caído un meteorito en plena Siberia del tamaño de una rueda de tractor, con un objeto cósmico en su interior. El aparato registrado podría tratarse de un tipo de planta. Una planta hecha de plástico donde aún se conserva vida. Se cree que puede hablar."

Y caerá. Exactamente a las 10 y 37. Coordenadas. 47, 35 East y 55 North.

Siguiente:

"Se descubre la vacuna del SIDA a partir de un moho extraído de los hierros de un desguace. El afortunado ha sido un niño huérfano mongol de ocho años, que padecía esta enfermedad y tras chupar unos tornillos por el hambre canina que tenía, se ha curado. Sin quererlo, se ha convertido en el próximo Nobel de Medicina."

Así será.

"Oriente Próximo firmará la paz el próximo 25 de febrero alegando una cuestión de 'aburrimiento bélico histórico'. El acto tendrá lugar en Jerusalén y estará presidido por palestinos y judíos confraternizados."

Algunos titulares son terribles y, como los hechos, inevitables. Me cuesta reconocerlos.

En mi propia vida, he sido incapaz de adivinar lo que iba a ser de mí. Si no, hubiera sido una persona feliz evitando las desgracias: la metralla en el muslo cuando estuve en Kabul, el retorno a España,Jon... Y después asumir que estoy mellada.

Ahora, se añade además el paso natural del tiempo. El reloj avanza y me pasa factura. He de hacer cuentas y no me salen. Debo estar pasados los cincuenta, pues desde hace más de diez, me negué a seguir la estela de los años.

Nunca he sido capaz de adivinar algo de mí. En cambio, ¡es tan fácil predecir sobre el mundo! Pura metáfora.

Hoy es trece de enero. La tarde está lluviosa y hace viento. Y la presencia de mi cuerpo ha superado el equilibrio de su silencio. Se convertirá en un compañero de viaje y sus achaques, la plática diaria. Creo que a partir de ahora será siempre así.

Cierro los ojos y medito. Continúo con las noticias de mañana: ¿Cuáles serán?

"*Se inundará la isla de Hierro. El volcán comenzará su erupción a las 20 horas 13 minutos. Será progresiva, la gente huirá en helicóptero, en lanchas, en barcos pesqueros. Todo saldrá bien. Tranquilos. Tan solo dos infartos y quince crisis de ansiedad.*"

Otro:

"*Se hablará de política, el presidente convocará una cuestión de confianza.*". Se equivoca, tendrá que dimitir.

Y por último:

"*La periodista Leticia Guzmán fallece de un ataque al corazón. Le ocurrió mientras dormía. Fue encontrada esta mañana por la chica que limpia en su casa.*"

Silencio. Esa soy yo.

Mi corazón me da saltos a zancadas y noto la arritmia. La respiración jadea y mis ojos se queman por no parpadear fijos en la pantalla del ordenador. No es posible lo que acabo de escribir. Qué acabo de escribir. Qué es sino mi propio fallecimiento el que predigo.

Me pesan las manos. Me pesan los brazos, los dedos se agarrotan. Y me inunda un terrible miedo.

Nunca me equivoco. Luego, pasará.

De pronto agarro el tazón de té y pongo música. Siempre imaginé cuál sería la última melodía que escucharía. Estoy indecisa. Se me ocurren varias.

Después me siento. Me levanto. Me vuelvo a sentar.

Me miro en el espejo.

Los ojos, las patas de gallo. Los labios fruncidos, los dedos anudados en articulaciones huesudas, las manchas café con leche; en el dorso, en las sienes, el origen de las canas... No quiero morir.

La decisión es muy sencilla. Basta con mentir.

Mentirle al mundo y será verdad. Pura metáfora otra vez. Inventarte una vida. Desinventarte tu muerte. Alejarte del fin. Crearte de nuevo.

Pero no puedo. He de ser honesta como buena periodista que soy. Jamás he mentido, ni he exagerado buscando la fama ni el poder. La comunicación es sagrada y soy una excelente profesional. Así lo dice esta placa a mi derecha.

Si cambiara una palabra ya no sería yo. Sería Leticia García, o Leticia Ortiz, o Leticia Márquez. Todas ellas también periodistas. Pero las mataría al nombrarlas. Esta vez me ha tocado a mí.

Si cambiara una frase, diría que, en vez de fallecer, he salido premiada, he ganado un crucero, o simplemente el Nobel de periodismo. Y si no lo hay, también me lo invento.

Pero no debo.

No nos inventamos la vida. Sino que nos inventamos a nosotros mismos en la vida. La vida, es la que sigue su camino y nosotros los que la perseguimos.

Cierro los ojos y lo vuelvo a sentir.

"La periodista Leticia Guzmán fallece de un ataque al corazón. Ocurrió mientras dormía."

Ya lo tengo. Esta noche postergaré el sueño. No me iré a dormir. Pero, ¿hasta cuándo? No será posible.

La cabeza me da vueltas y con ella el tiovivo de mi memoria. Me azuza y me envuelve y no consigo centrarme. Por hoy no habrá más titulares. Con el mío, se acabó Leticia.

Y pienso en lo que soy: El resultado de mil acontecimientos. Viajes por Asia, Malí, Burkina, Salvador, Panamá... trasmitiendo mil desgracias y en todas enriqueciéndome por dentro.

Y pienso de qué estoy hecha, más que de jirones de relaciones frustradas, el sabor agridulce de los besos, algunos deseados todavía y de los que todavía estoy hambrienta. Y esos brazos inconclusos, esas miradas en duermevela, las caricias, los desaires y por último, una despedida: Jon... otra vez.

No sé si la vida ha sido justa o no conmigo. No estoy en condiciones de opinar, pues no soy la juez, sino el reo y mi abogado al mismo tiempo.

Pero Leticia Guzmán siempre ha sido una buena reportera. Y su primera mentira, sería el comienzo de otra nueva. Y de otra nueva Leticia. La Leticia que puede mentir en cualquier momento, la que ha dejado la puerta entornada y ya no se sabe si sale o si entra, la que, a partir de entonces, es una nueva habitante en el mundo de la desconfianza. Ya no valdría la pena esforzarse por ser una buena profesional, ni por vivir, ni por ser honesta. Porque ya cualquier cosa tendría cualquier precio. Eso es lo que supondría seguir siendo un espectro de lo que fui. Vivir de las rentas siendo, otra concubina más de Cronos.

No. Hoy he sido consciente de mi cuerpo y es lo único que lamento. Podría acabar esta historia contando que tendré veinte años para saborear mis dolencias y morir siendo una viejecita afable y realizada. En cambio, no va de eso. Va de que no tendré tiempo de saborear mis bisagras oxidadas, ni mi hernia de hiato con sus ardores de estómago, sus digestiones pesadas, mi ciática crónica y mis articulaciones entumecidas.

Va de que hoy he descubierto que me hubiera gustado llegar hasta el fin. Mi tercera vida, que no es lo mismo que la tercera edad. Quizás, cuando ésta llegase, ya pensaría en la cuarta o la quinta. Solo es cuestión de reinventarse.

Con ello, quiero mostrar mi rabia porque Cronos no me deja disfrutar de mis achaques, ni ser consciente cada día de esos trozos de mí que les gustaría llamar su atención cada mañana.

Hoy es trece de enero. Hace frío, llueve y hace viento. Escogeré una melodía, cualquiera, y me enroscaré en el sillón con mi manta de viaje.

Ahora cierro mi portátil, no sin antes besarlo, acariciarlo, sentir el calor que me ha acompañado en todo este tiempo.

A partir de mañana, el mundo se despertará inmerso en la sorpresa de qué es lo que va a acontecer, porque Leticia Guzmán ya no se lo dirá.

Yo, mientras tanto, aplacaré mi ira cara a cara con Cronos, mientras los trozos de mi cuerpo ya no serán ni trozos, ni cuerpo.

Porque quizás tomando el camino honesto de decir la verdad me esté equivocando. Pero cuántas veces lo habré hecho a lo largo de mi vida. No sería difícil mentir para prolongar mi vida. Aun así, es una tentación difícil de rechazar.

El don de los que conocemos la verdad de las cosas no es sino el espectro de una terrible desgracia. Como lo es el brillo refulgente de las estrellas más grandes, que no es sino el reflejo de una luz que no es ni siquiera propia, sobre un humilde planeta. Ojalá hubiera sido una humilde estrella de brillo titilante. Una más entre las demás. Ahora me entra sueño, me voy a dormir.

ELECTRÓNICA

Esa noche se acostaron como cualquier otra noche. Él en su lado, ella a la derecha. Él con el pinganillo para oír la radio. Ella, primero con el móvil, después con la tableta. Él se queja de que ella no le hace caso, por eso se pone a oír los deportes. A veces se le acerca y la toca. Pero ella responde con un titular del día, después de decir: "espera..."

Y ahí le tiene a él, pendiente de si ella decide dejar de leer lo que en ese momento toca. No suele ser muy asidua al Facebook, con Instagram no se maneja y lo que más le apetece y le gusta antes de dormir, como un bálsamo, como la leche caliente con azúcar de nuestras abuelas, es el Twitter.

—No me lo puedo creer... —exclama de pronto—. ¡Qué cabrones!, siempre hacen lo mismo.

Él se retuerce, se quita un pinganillo y le pregunta qué es lo que pasa.

—Han vuelto a cerrar la línea 4 del metro. Me toca ir al curro en el autobús ese que tarda tres horas.

Él, desesperanzado, vuelve a su odisea olímpica. Le toca un muslo, pero ella permanece mutis. Parece como si tuviera anestesiada la piel. Porque no reacciona. Los dedos de él comienzan por la parte blanda e interna del muslo y poco a poco van subiendo hasta encontrar su sexo caliente y húmedo. Parece que respira.

Ella lo único que hace es cerrar la pierna. A veces, deja la tableta a un lado y le da un besito en la punta de la nariz. U otro de pico. O varios de pico juntos. Pero él se cabrea.

—Para darme esa mierda de besos, no me des ninguno. Ni que fuéramos abuelos.

Ella medita. (No lo son, pero podrían serlo, aun así, se sienten jóvenes).

Entonces le vuelve a pedir que espere. Le queda poco para terminar de leer el artículo.

Entonces él se quita el pinganillo y le da la espalda. Ella lo capta y se irrita. Piensa lo mismo que pensaba desde el primer año de estar juntos. No la deja leer, no la deja hacer lo que le da la gana. Desde que está con él, en estos diez años, siempre ha sido la misma queja.

—Eres un pesado —dice ella—. Pero me da igual que te mosquees.

Al cabo de diez minutos, como ella sigue absorta en lo suyo, él vuelve a ponerse boca arriba y pone la televisión.

Ella chasca la lengua.

—Parece que lo haces a mala idea, ¿no ves que estoy leyendo?

Así que él baja el volumen, pero no la quita.

Al cabo de un tiempo, la televisión sigue impertérrita. Él comienza a resoplar. Se ha quedado dormido con el mando en la mano. Así que ella apaga la luz y pone su artillería a cargar.

Él se despierta y apaga también la tele. Se vuelve hacia ella. La busca con las manos, pero a ella no le apetece follar en ese momento.

—¿No estabas dormido? Pues sigue durmiendo.

Entonces él aprovecha para empezar a soltar todo lo que se estaba aguantando. Que si nunca le apetece follar, que ya no le pone, que no le hace ni caso...

A lo que ella replica defendiéndose que no es cierto, solo que por la noche está cansada. Nunca le apetece. Ella es así y así la conoció.

—Sí, pero todos tenemos que poner de nuestra parte —dice él.

—Pues por eso —le recuerda ella—. Si quieres te masturbo un poco y ya está.

Intenta apaciguarle esta vez acercándole los labios y buscándole con la mano. Pero a él ya no le sirve. No hay manera de que eso coja fuerza.

—Ya no me pongo, déjalo. Se me han quitado las ganas.

Ella en cierto modo se siente aliviada. Al final ha sido él quien ha cortado con la situación. Lo que menos le apetecía en ese momento es ponerse a calentar y hacer esfuerzos.

Así que han quedado en tablas. Cuando él quería, ella no, y ahora que ella ha hecho un pequeño esfuerzo, él se ha enfriado.

Todavía no han pasado ni diez minutos, cuando él comienza de nuevo a resoplar. Ella nota el aliento en su rostro y le molesta. Además, huele como a comida. Por lo que le da un pequeño empujón con la pierna para que se calle. Una, dos, tres veces... sin resultado. Al rato vuelve a resoplar.

Así que es ella la que se da la vuelta. Él lo nota y la coge de la cintura. Le da un beso en la espalda. Permanecen abrazados un buen rato. Lo suficiente para que ella no se dé cuenta de cuándo se sueltan otra vez.

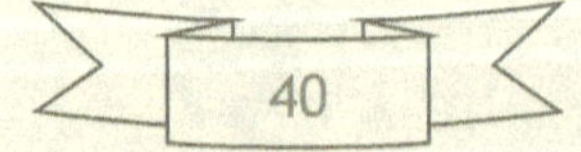

ATRAPADA

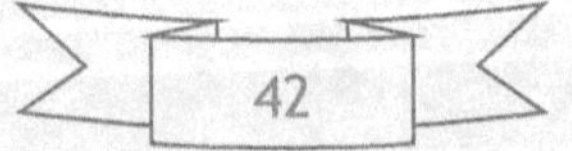

MJ es una enfermera al cuadrado. Porque estudió dos veces la misma carrera. La primera en Perú y la segunda en España. Como es una chica práctica, en cuanto vino y consultó los tiempos de demora y los requisitos para que le homologaran el título, optó por examinarse al acceso para mayores de veinticinco años y entró en la pública. Por entonces eran sólo tres años. Además, le serviría de repaso. Vino con su pequeño bajo el brazo. Él tenía nueve años y ya tenía a su hermana aquí, por lo que lo de buscar alojamiento y demás vicisitudes, lo tenía resuelto.

El primer año, mientras estudiaba el acceso y después durante la carrera, trabajaba cuidando enfermos a domicilio. No llegaba a cincuenta euros la noche, pero con un par de veces que lo hiciera a la semana, ya tenía para cubrir gastos. Lo malo fue cuando empezó las prácticas en la universidad, ya que llegaba exhausta por la noche y con el silencio de la casa a la que iba y después de lavar y cambiar el pañal del abuelito, acababa durmiéndose sin poder evitarlo en cuanto se acomodaba en un sofá. Hasta que la invitaban a marcharse para no volver. No ocurrió muchas veces, pero sí algunas. No obstante, ella no cejó en su empeño de terminar la carrera como fuese.

Y la terminó. Y comenzó a trabajar en una residencia, al día siguiente de obtener el título. Era experta en ancianos. El problema era que pagaban tarde y mal. Pero conoció otras compañeras que le hablaban de otros sitios donde se cobraba el doble trabajando la mitad. Y comenzó a preguntarse qué estaba haciendo allí. Debía encontrar esos sitios de los que hablaban o por lo menos intentarlo.

Así que empezó a echar a bolsas de trabajo de la Comunidad de Madrid. Era aquella época en la que bastaba estar apuntada en un folletín de hojas que tenían las de personal encima de la mesa y llamar una vez por semana para que al final te dieran algo, especialmente en navidades y en verano, cuando la gente se tomaba vacaciones.

Cuando llevó los papeles a la sección de personal de área, se dio cuenta de que no tenía nada que hacer. La secretaria la miró estupefacta, pues sin cursos y sin experiencia suponía, en el mejor de los casos, dos o tres años de espera para la primera suplencia.

Así que buscó en las páginas que le recomendaron para hacer cursos a distancia y conseguir puntos. Estos puntos se traducían en créditos y serían lo único que la haría ascender en las bolsas de trabajo. El único requisito era que tuvieran un simbolito verde con forma de F gorda, para que estuvieran reconocidos por la Consejería.

Se metió en las webs que le dijeron y comenzó a dedicar parte de su salario al mes para hacer cursos a distancia. Le daba igual el tema, con tal de que tuvieran la F gorda verde (de formación continuada) y muchos créditos. Descubrió que era fácil. Tan sólo era cuestión de dinero y de conseguir las preguntas de otras compañeras que ya los hubieran hecho. Por eso, entre ellas se comentaban de hacer este o aquel y mientras una se dedicaba a uno, la otra conseguiría las respuestas por internet de otro, o si no, por un antiguo enfermero que ya lo hubiera aprobado antes.

Por otro lado, los cursos se podían comprar por separado o en paquetes: por un curso de doscientas horas, te regalamos otro a la mitad de precio; tres cursos de trescientas horas por el precio de dos; si compras ahora un experto, te regalamos las horas que te faltan para conseguir un máster de mil horas. MJ estaba asombrada con ese sistema. Intercambió preguntas con sus amigas y en dos meses consiguió dos mil horas (lo equivalente a tres másteres) que, por ser antigua alumna de la plataforma online, no pagó más de setecientos euros. Para ella, mucho dinero, pero en el fondo una ganga.

Sobre todo, porque volvió a personal nada más recibir los títulos por correo y la misma secretaria le aseguró que ya entraría en la primera página, lo que significaba que posiblemente empezase a trabajar lo más tardar el verano siguiente. Pero fue mucho antes. Porque dos meses más tarde la llamaron para ir a suplir a una enfermera que estaba de baja, a un centro de salud.

MJ lloraba de alegría. ¡Por fin! ¡Mi sueño se ha realizado! ¡Entro a trabajar en el Insalud!

La recibieron normal y todo parecía habitual, porque todo el mundo da por hecho que todo el mundo trabaja y ha trabajado. El problema era que en su primer día no tenía ni idea de nada y había demasiados pacientes para que alguno de los del turno de tarde se pusiera a enseñarla. A su alrededor, sólo recuerda gitanos, voces muy altas y compañeras que la miraban con cara de circunstancia y chascaban la lengua.

Pero sobrevivió. Y volvió a la segunda y a la tercera, hasta que poco a poco y de manera sutil, educada y por ósmosis, empezó a conocer de primera mano, cómo funcionaba todo. Las recetas con el sello de la doctora, el Sintrom, las insulinas, las vacunas. Hoy hay que hacer el pedido. Todos los viernes hay que colocarlo. Todos le daban órdenes y ella obedecía. Sin distinción. Hasta que poco a poco, fue reconociendo de quiénes procedían aquellas órdenes y decidió que algunas no las cumpliría.

A los celadores procuraba no hacerles mucho la pelota. Es más, ni siquiera se esforzaba en ser simpática. Sabía que la habían apodado la "panchi" y eso la molestaba sobremanera. En cambio, para sus compañeras era "la nueva" "la que está por Matilde" y aunque la dejaba fría, procuraba serles por lo menos agradable para seguir sacando información sobre el tiempo que le quedaría por cubrir. Pero nadie sabía nada. Decían que era una "tía muy rara" y que cualquiera sabía. Lo mismo viene mañana, que no vuelve en un año.

El problema es que al día siguiente la llamaron de otro área. Esta vez fue fácil decidir porque le ofrecieron sólo un día. Y a la semana siguiente, otra llamada de Leganés. Una baja. ¿Una baja? Sí, respondió la de personal de allí. Así que sin decir nada a nadie, la aceptó sin miramientos. Pero necesitaba saber más.

—¿Se sabe qué tipo de baja? —titubeaba—. ¿Larga? ¿Corta?

—Una baja maternal.

MJ dio un respingo porque sabía que por lo menos serían unos cuantos meses de estabilidad.

—Pero es media jornada y no puedes estar trabajando en otro sitio, porque si no te penalizamos —le advirtió una voz al otro lado del teléfono.

MJ miró a su alrededor por si alguien lo había escuchado. En ese momento la reclamaban para hacer una glucosa de una paciente de la doctora Pelayo que se había mareado en mitad de la consulta. No obstante, lo resolvió rápido y contestó trémula que sí, que lo aceptaba.

—Sabes que como lo aceptes y luego digas que no, pasas a la última de la lista, ¿no?

—¡Sí, sí! —dijo ella—. Mañana por la mañana me paso y firmo.

—Vale, te apunto entonces —escuchó antes de colgar.

Al día siguiente y mientras se dirigía al hospital de Leganés, ya se estaba arrepintiendo. Le atormentaba profundamente que en personal se enterasen o que algún compañero la denunciara, como había visto en otras ocasiones.

Aunque no llevaba la vida laboral consigo, confiaron en ella y la dejaron firmar. Le recordaron su fortuna en reiteradas ocasiones y la instigaron sobre su vida.

—¿Tienes niños? ¿Estudias? ¿Haces algo? Porque con la mitad de la jornada ¡te va a sobrar mucho tiempo!

Ella se mordió los labios y se fue por la tangente. Por la tarde, en el otro centro, no pudo más y se lo chivó a una compañera que creía era de confianza.

—¡No te preocupes! ¡Todo el mundo lo hace! ¡Aquí lo primero que aprendes es a mentir!

—Sí, pero es que... si me pillan...

—¡Que no se van a enterar! ¡Tú no digas nada!

De esta manera, empieza a compaginar Leganés con Madrid de lunes a viernes. Deja al niño en el colegio y después desaparece hasta la noche. Come en el autobús y compagina ambos trabajos en la más absoluta clandestinidad. Un día tras otro, mañana y tarde, de pie, corriendo de acá para allá. Con un poco de suerte, se podrá sentar en el autobús de vuelta y quitarse los zapatos, para llegar de noche a casa, darle la cena a su hijo y estar un rato con él.

Terminada la suplencia de la tarde, ¡hija, qué pena! ¡qué poco te ha durado!, empieza a empalmar moscosos, horas de formación y días sueltos que le van dando de un sitio y otro.

La adrenalina y el dinero son cada vez mayores y más deseados. Ya no sabe ni cuánto cobra. Entre centro y centro, corre para firmar contratos en otro área y de paso, recoge la nómina. Pero ella no tiene control alguno. Lo único que ve son los días señalados en rojo en el calendario de la cocina. Algunas noches se convierten en días y su hijo, al que cada vez ve menos, siempre pregunta a su paso: "¿Hoy cuándo te voy a ver?"

A los dos años de estar en activo, MJ y su hijo ya pueden irse a vivir a un pequeño piso en Vallecas. Es pequeño y antiguo, pero al menos vivirán solos. El sueño español se está cumpliendo y el joven empieza a descubrirlo a su manera, aunque aún no ha cumplido los catorce.

MJ es una mujer pegada al teléfono porque perder una llamada de personal es perder una guardia, y le aterra que prescindan de ella. Comienza a obsesionarse tanto que a veces contesta llamadas que ni siquiera ha recibido. Tanto es así, que se cuelga el teléfono del cuello con una cinta, excepto cuando se ducha, momento en el que lo mete en una bolsa de plástico transparente para sentirlo e iluminarse, aunque no lo oiga. Aunque a veces piensa que debería tranquilizarse un poco, ya que cuentan con ella para las suplencias y sabe que ha caído bien en algunas áreas de personal. Pero nunca se sabe, en el fondo no se siente segura.

Madre e hijo se ven cada vez menos, especialmente en Navidad, Semana Santa y verano, justo cuando su hijo está de vacaciones. Pero es lo que hay, le dice a él. "Si yo no trabajo, tendríamos que volver a Perú, todo es demasiado caro aquí."

Cuanto más gana, más gasta en cosas que hasta ahora no le parecían necesarias. ¿Cómo es posible que haya pasado tanto tiempo sin un ordenador y una tableta? ¿Por qué comprar una plancha cuando un centro de planchado es un poco más caro, pero más útil? ¿No deberíamos cambiar las cortinas del salón? Las actuales están viejas y dan asco.

Ropa de cama nueva, toallas, una vajilla propia en lugar de la que venía con la casa, un aspirador, otro móvil más moderno... Todo parece indispensable o al menos así lo piensa. Es increíble cómo la gente puede vivir sin una impresora, y además el niño está estudiando y para mí es imprescindible un lavavajillas porque se me estropean las manos y soy enfermera.

Pero no solo gasta más a medida que gana más, sino que los meses pasan y llega el drama: Hacienda. ¡No! ¡No puede ser! ¡Se han equivocado! ¡Dios mío! Rompe a llorar desesperada el día que recibe el borrador de la Agencia Tributaria. "¡Es casi lo que cuesta un coche! ¿Qué será de mí?" Grita tan fuerte que los vecinos llaman a la policía.

Cuando el agente aparece en la puerta, ella le invita a pasar. Pronto se dan cuenta de que no es otra "panchi" montando un escándalo por celos, sino que está desesperada. Les muestra el papel entre las manos y ellos sonríen. "No te preocupes, mujer. Pide un crédito para pagar a Hacienda y no asustes más a los vecinos, pensaban que te estaban atacando".

Los hombres se van y ella intenta recuperarse. Es tarde para ir al banco, pero pronto para ir al trabajo. Al día siguiente lo hace sin falta. Pide un préstamo con un 8% de interés a tres años, y el empleado del banco le repite varias veces antes de firmar que no se preocupe, que es una situación común y con una guardia extra al mes ya lo habrá pagado.

Pero en la consejería se han vuelto muy escrupulosos y ahora siguen las bolsas al pie de la letra. Empiezan a llamarla menos que antes. Solo Leganés y algunos puestos que nadie quiere, porque están muy lejos y la población es muy exigente. A ella no le importa. Necesita dinero como sea, para enfrentar los gastos y pagar el préstamo de Hacienda.

Cada vez ve menos a su hijo, y cuando lo hace, se da cuenta de lo mucho que está cambiando. Ya le ha salido pelusa en el mentón y ha empezado a afeitarse. Aun así, él siempre le pregunta: "¿Cuándo te voy a ver más?"

Pero MJ ya no tiene tiempo ni para ir a la compra. Ha tenido que volver a meterse en una residencia, esta vez en horario de mañana (gracias a Dios). Así también puede trabajar de noche donde sea, ya que la nocturnidad se paga bastante bien. No le gusta el trabajo, pero no puede arriesgarse a que no la llamen. Con la residencia cobra lo mismo que cuatro guardias en el sistema público, pero ya solo la llaman para una o dos. Por eso, ha tenido que pasarse al sector privado, cuidando ancianos inválidos con la mirada perdida y cobrando tarde y mal.

A su hijo cada vez le gustan más las marcas de ropa, y ahora es ella quien no está segura de dónde saca el dinero, ya que cada dos semanas aparece con unas zapatillas nuevas.

MJ se siente exhausta y añora la euforia del principio. La emoción de empezar, de aceptar cualquier trabajo, de recorrer la ciudad de norte a sur para cubrir tres horas. Le duele la cabeza y se prepara una taza de té. Mira el reloj y se da cuenta de que son las once de la noche. ¿Dónde estará su hijo? Su atención es capturada por un póster que cuelga en la pared del salón. No recuerda cuándo lo colgó o si ya estaba allí cuando llegaron. Toma la taza de té y percibe el aroma de la hierba del paisaje. Por un momento, se deja llevar por la imaginación y sobrevuela su tierra. Sopla la infusión y da un sorbo. Daría su vida por estar en Perú en ese momento.

EL ACCIDENTE.

RT quiso ser original y compró el billete más barato que encontró para irse de viaje, en una de esas plataformas buscachollos.

Lo cierto es que la combinación era un desastre porque, aunque lo anunciaban como una escapada de fin de semana, se llegaba al destino el mismo sábado por la noche y se volvía al día siguiente. Pero como en el cupón le venía incluido el hotel, le saldría casi más barato que quedarse en casa. Sabía que, de ser así, caería en la tentación de irse al teatro, o escapar con el grupo de montaña o quedar con alguna chica de la aplicación, lo cual le saldría probablemente más caro.

Así que no lo dudó dos veces. Hacía una semana que lo había dejado con ella y tenía que demostrarla precisamente eso, que quería ser libre. Y qué mejor que de esta manera. Además, aunque había sido él el que rompió la relación, la mezcla entre nostalgia, costumbre, cariño y arrepentimiento era demasiada pesada para sobrellevarla sin ningún plan.

Compró el billete con el móvil mientras volvía en el autobús del centro. Cenaría algo frugal, se vería esa peli y al día siguiente iría al gym o estudiaría un poco, antes de ir al aeropuerto a las seis de la tarde. Estaba excitado porque le parecía un plan genial.

Lo cierto es que, esto de "escapar", era la primera vez que lo hacía. Por eso fue aprendiendo algunos detalles que no había tenido en cuenta al ver el precio tan barato. Ya solo el taxi del aeropuerto al hotel le salió más caro que el billete de avión ida y vuelta. Pero lejos de enfadarse, se lo tomó como una aventura, por eso, se decía a sí mismo, que ese fin de semana, debía aprender para no volver a caer en los mismos errores.

Cuando RT llega al país, lo primero que descubre es que, pese a tratarse de Europa, no cubre el *roaming* su compañía telefónica, por lo que no se atreve a quitar el modo avión, hasta que no tenga un wifi a la vista.

Y de este modo, sin internet, a las once y media de la noche (de una noche más oscura y solitaria que la española), en un país donde ni siquiera se puede leer en cristiano, se monta en el primer taxi que ve y se dirige al hotel.

Aunque no anda mal de dinero, el hecho de tener que estar pagando por todo más de lo que le costó el billete de avión, le hace sentirse engañado o que hay algo que no está haciendo bien. Se supone que estos viajes baratos los hace todo el mundo, ¿no? Luego, no termina de entenderlo. Incluso la comida dentro del avión era más cara que un menú en un restaurante de Madrid, por lo que, por primera vez, se arrepiente de no haber llevado nada preparado. Cómo lo iba a saber, si todavía creía, que seguían repartiendo esos sándwiches empaquetados tan ricos, como el de la última vez que voló, hacía ya muchos años. Ahora había que pagar por todo. ¿Dónde había quedado la magia de volar en avión? Él al menos, llegó a conocerla, pero antes de empezar a salir con ella. Porque Milagros era una gastona y una paleta que no tenía el mínimo interés de conocer ningún país, ni ir a ningún lado, ni hablar ningún idioma. ¿Qué había hecho todos esos años al lado de semejante mujer? Ahora la recuerda tan básica, que siente un poco de vergüenza de haberla prometido en su día amor eterno. Menos mal que despertó y se la quitó de encima. Especialmente ahora que ella había encontrado un trabajillo. Por lo menos, se despreocuparía de tener que andar pagándola algo al final de mes. Porque era incapaz de dejarla en la calle. Porque era inculta pero no tonta, por eso él cree que se dio cuenta de que, a los dos meses de empezar a trabajar ella en la tienda, él la dejó. Sin ningún motivo aparente.

Cuando RT llega al hotel tiene que entregar una tarjeta de crédito. El andrógino que le atiende trata de explicarle que le van a quitar algo de dinero, pero solo para comprobar que la tarjeta tiene fondos, porque al día siguiente se lo devuelven. No le vale de nada a RT alegar que no entiende. Ese juego de mete-saca dinero, no lo ve del todo claro. " A ver si se van a quedar con mi número y luego me cobran lo que quieren. Cualquiera reclama". Así que permanece un rato discutiendo. Incluso saca el traductor de Google, pero no hay más remedio que entregarla. Cuando se va a la cama, hace cuentas y ya lleva gastado más del doble de lo que le costó el hotel con el avión.

Al día siguiente baja a desayunar lo que para él es lo más parecido a una cena. No está acostumbrado a tomar arenques y pepinillos con café con leche, porque salvo eso y algo de queso y fiambre seco, no hay mucho donde escoger. Aun así, se pone hasta arriba para sacarle rendimiento a lo que ha pagado y de paso llevarse escondido en la chaqueta un plátano, un panecillo y alguna tarrina pequeña de Nutella.

A continuación, sube y con premura vuelve a preparar la maletita de la que había sacado el neceser y una muda, ya que tendrá que dejarla en la consigna para poder ir a visitar la ciudad. ¡Tiene tanta ilusión, pero tan poco tiempo, que la prisa le agobia!

En la recepción, el mismo andrógino de la noche anterior le coge la maletita, le pone una etiqueta y le presta un paraguas, ya que, aunque RT no se había dado cuenta, está diluviando.

Efectivamente jarrea, hace frío y viento y el cielo está tan oscuro que parece como si fuera a hacerse de noche ya, salvo porque son las diez de la mañana. Lejos de desanimarse, sale del hotel con un mapa de papel en una mano y el paraguas en la otra. Después de caminar un rato, quiere hacer su primera fotografía, pero la operación es una ardua tarea: debe plegar el mapa, guardarlo, sujetar el paraguas con la axila y luchar porque no salga parte del papel en la instantánea. Intenta repetirlo un par de veces, hasta que el mapa se vuelve una especie de emparedado imposible de desplegar. El hecho de no disponer de internet, le obliga a escoger: o fotos y perder el mapa (que ya estaba desmigado) o privarse de grabar aquellos momentos y centrarse en el plano. Por lo que sus dedos ateridos son los que toman la decisión: escoge hacer fotos.

La situación comienza a estresarle. Aunque le apetece mucho disfrutar de la aventura, tiene claro que lo de pasar penurias sólo tiene sentido si luego es para mostrarlo. Sin unas buenas fotos para el Instagram, cualquier sufrimiento se convertía en algo banal y sin sentido. Daba igual que estuviese lloviendo o que el cielo no acompañara. Que no hubiera nadie por la calle o que los comercios permanecieran cerrados. Después podría retocarlas y convertirlas en imágenes maravillosas de colores brillantes e intensidades diferentes. Podría poner o quitar, disimular y añadir algún Emoji, pero lo importante era la materia prima: demostrar que él había estado allí.

No pasan ni veinte minutos cuando se viene abajo. Sentirse congelado, empapado, en esa calle solitaria y con un tiempo encapotado que no parece que fuera a mejorar, le hace dirigirse a la única lucecita encendida de toda la calle y que por suerte es un bar.

RT se sienta en un local que duda si está realmente abierto, pues el que le ha servido la jarra, continúa reponiendo y hablando a voces como si ignorara su presencia. Eso sí, le cobra lo mismo que si fuera la acogedora noche de un sábado con música en directo.

Al sentarse nota en vez de un alivio, dolor por todo el cuerpo. Las lumbares rígidas parecen bisagras oxidadas, en los dedos siente el pinchazo de mil alfileres y las fosas nasales se abren de golpe condensándose en un hililllo seroso que aterriza en su boca.

Aun así, se aprieta la mitad de la cerveza de un trago. “El frío da sed”. Es lo único que piensa. Y un instante después vuelve en sí.

Estudia el pronóstico del tiempo en el móvil y ve que le marca 0 grados, windy y lluvias al 50%. “¿El cincuenta por ciento y no ha parado de llover desde que he salido del hotel?” Exclama en voz alta. “El cincuenta por ciento, significa que en un día puede llover doce horas, y que lo puede hacer de manera seguida o en seis rachas de dos horas. El cincuenta por ciento de lluvia significa que, si lleva toda la mañana lloviendo, tendría que salir el sol de una vez, por lo menos, en las tres horas que me quedan para conocer esta ciudad. Pero también significa que no cese de llover y lo haga justo cuando me suba en el avión y no volverlo a hacer hasta mañana. ¡las estadísticas son una mierda!” Grita mientras posa de un golpe el móvil sobre la mesa.

El camarero deja de hacer lo que está haciendo y se dirige a él en un correoso español, pero a viva voz: ¿qué pasa?

RT se achanta y se da cuenta de que no está solo. Si por lo menos le diera tiempo a visitar el museo que vio en internet antes de salir del hotel. Hizo una captura de pantalla de Google Maps, para poder ir sin conexión en cuanto saliera de él. El problema es que ahora no sabe dónde está él en esa captura de pantalla. El museo está bien claro, pero no la distancia que les separa. Además, la lluvia golpea los cristales y hace burbujas en la acera. Está el hombre tan ensimismado en sus pensamientos que por un momento se olvida de donde está, hasta que el del bar le indica que va a cerrar. Le da pena abandonar ese refugio, pero sabe que, si no fuese por el camarero, no se hubiera movido de ahí en toda la tarde. Así que le da las gracias y vuelve a la calle.

Camina sin rumbo intentando identificar los nombres con la captura de pantalla. Por fin, logra saber dónde se encuentra. Además, el sol parece que se abre paso entre dos nubarrones y RT se siente triunfante. Parece que su reflexión sobre la lluvia ha surgido efecto. Saca de nuevo el móvil y dispara unos cuantos *selfies,* así como fotografías a todo lo que ve.

De nuevo, comienza a chispear. RT se refugia bajo una cornisa que, por casualidad, está frente el museo que andaba buscando. Otra vez le embriaga la euforia. Le da igual que llueva porque sabe que se va a meter hasta que llegue el momento de dirigirse al aeropuerto. Por eso cruza raudo sobre el césped de una glorieta, empapándose los pies hasta encaramarse frente a la vetusta puerta. De nuevo se viene abajo. Esa puerta cerrada a cal y canto y los carteles medio caídos le indican que lleva cerrado mucho tiempo, quizá años.

Ahora sí que está perdido. Da media vuelta y mira alrededor. El espectáculo es dantesco. Lluvia, lluvia, lluvia, agua, agua, agua, charcos y más charcos y todo cerrado. Ni una sola luz, ni un escaparate despierto, ni siquiera se ven las casas con vida. La que no tiene la persiana medio echada, la tiene entera y todas las ventanas a oscuras. Piensa en las tres horas que le quedan para ir al aeropuerto y se le hacen eternas. ¿Qué diantres puedo hacer? ¿Adónde ir? Tres horas aquí me muero. Recuerda las prisas del desayuno con el ansia de salir disparado a conocer la ciudad y le dan ganas de llorar. Qué absurdo y ridículo se siente. Sonríe, pero en el fondo se siente descorazonado.

El único atisbo de vida que surge de pronto es un coche que detecta con su visión periférica y que acaba de parar para respetar un semáforo. No quiere mirar directamente, pero sabe que es blanco y hay solo una persona dentro. Como es mediodía y empieza a sentir hambre, espera a que se aleje ese coche para sacar la Nutella y mojar en ella el plátano. Pero el coche, mejor dicho, el hombre que conduce ese coche, parece idiota, porque ha esperado el semáforo sin atravesarlo, permaneciendo allí, sin que nadie lo cruce. Por un momento RT se inquieta. Quizás, venga a por mí. ¡Sólo falta que me pase algo! y de pronto recuerda Madrid. Y por supuesto a ella otra vez. Si supiera lo patético que me siento, se alegraría y volvería a llamarme idiota como tantas veces lo hizo. Pero se va a quedar con las ganas porque jamás lo sabrá. Todo lo contrario, mañana mismo retoco las fotos y las colgaré en el Instagram con mi mejor sonrisa. ¡La envidia que la voy a dar! RT vuelve en sí con el carraspeo del tubo de escape que por fin arranca. Sin quererlo, siente un poco de alivio. Prefiere estar sólo en esa ducha urbana, a estar con un coche anónimo a su vera.

Ya han pasado diecisiete minutos y han parado tres coches. No está mal. Un coche cada cinco minutos, es una media bastante ecológica. Se ríe. Pero yo estoy que me congelo. Y lo peor es que me he quedado sin mapa y cualquiera abre los datos. Me entran todos los mensajes de golpe y me arruino. Así que se sienta en un escalón bajo el soportal y deja pasar el tiempo mirando la galería de fotos. De pronto aparece la publicidad de donde está y se siente estafado. Esto no es verdad. ¡Mienten! Ni hace sol, ni hay gente, ni es tan bonito. Mira alrededor y siente lástima por haber caído en la trampa. Ni siquiera la fotografía de la plaza es la misma. Los árboles tienen otro color y no parecen los mismos edificios.

De nuevo otro coche se para en el mismo semáforo. RT se entretiene contando los pitidos que marcan la cuenta atrás. Lo que está claro, es que esta gente es un ejemplo de civismo. Porque no hay ni dios por la calle y, aun así, se paran.

Esto hace que, de nuevo, vuelva a recordarla. Es fácil compararla con los coches, o por lo menos con sus conductores, porque era la típica mujer que cumplía todas las normas a rajatabla sin plantearse si quiera si tenían sentido. De hecho, las discusiones siempre venían por eso. Él defendía el encontrarle un sentido a las normas que debía cumplir y en cambio ella las cumplía sin plantearse nada.

Tras permanecer un rato absorto en la lluvia, cae en la cuenta de que la cadencia ha disminuido y está dejando de llover. RT se levanta de un salto. Son las cuatro y sólo le quedan dos horas para ir al aeropuerto. Antes pasará por el hotel y preguntará por el restaurante y si no, ha visto que hay una máquina de *vending* con zumos y sándwiches para por lo menos, distraer el hambre que ahora le carcome las tripas.

Decide cruzar el famoso semáforo y para ello espera que se ponga verde. Ver los coches pararse ante la nada, le ha infundido un gran sentido de civismo. Así que nada más cambiar de color, camina despacio hacia la acera de enfrente, cuando de repente, siente el charco de un coche que le lima los talones. ¡Será imbécil! Aquí el mundo hace todo al revés. Esperan cuando no hay nadie y cruzan cuando no está para ellos. Pero en el fondo, se siente identificado.

Esto es lo que hubiera ocurrido en España, piensa, y en otros lugares...pero no termina de decirlo cuando escucha de golpe un frenazo y un estruendo, ruidos de cristales y después...silencio. El corazón se le dispara y sale corriendo hacia donde cree que procede el ruido. Además de él, aparece en escena una mujer con un pañuelo en la cabeza.

Exclama algo en voz alta y se dirige a él gesticulando. De los dos coches, sólo puede identificar al último que ha visto. Era rojo y de una matrícula muy larga. El otro, estaba hecho añicos y era blanco. La mujer no hace más que gritar a RT e indicarle con un gesto que llame a alguien o pida ayuda. Pero RT piensa en los datos y en el *roaming* y tarda en hacerlo. Se muerde los labios, porque el mero hecho de desactivar el modo avión, le va a costar un ojo de la cara, pero no le queda otra ante la insistencia de la señora, que con sus dedos artríticos marca tres números y habla a través del altavoz para indicar el lugar del impacto. De pronto, un inmenso rayo rompe el cielo entre dos cúmulos cargados. El hombre se acerca al coche rojo y es testigo de que está destrozado. El parabrisas es una pirámide de cristales y el conductor no se mueve. Parece muerto, podría estar muerto. No se atreve a tocarlo. Entonces es consciente de lo imponente de la escena. La sangre roja a juego con el coche, reverberan bajo un cielo añil de nubarrones grises y la atmósfera está prístina. Es el momento ideal. Por fin ha llegado. Aprovecha un momento en que la mujer se dirige al del coche blanco, para sacar el móvil y liarse a hacer fotografías. Desde aquí desde allá. Otro *selfie* más. ¡Dios!, qué suerte he tenido, al final, ha merecido la pena tanta lluvia y tanto frío. Mañana lo voy a petar en Instagram. No es consciente mas que del sol que por fin ha salido y de las fotos tan espectaculares que va a subir en cuanto llegue al aeropuerto. Mientras, escucha a la mujer y a otro hombre que le increpan. No les entiende, pero no hacen más que gesticular.

RT de pronto se da cuenta de que es tarde y no puede perder el avión. Por eso trata de decirles, como puede, que se tiene que marchar. Una ambulancia recién llegada aparca a toda mecha y escupe dos paramédicos que rápidamente acuden al lugar del siniestro. RT aprovecha y se escabulle a hurtadillas dirección al hotel, sin parar de hacer fotos durante todo el trayecto. Tiene que darse prisa, pero esas fotos son demasiado, así que se vuelve una y otra vez y luego se marcha corriendo. Mañana será un buen día para contar su viaje de aventura en la oficina y matar de envidia a sus compañeros, incluida ella.

SUEÑOS ROTOS.

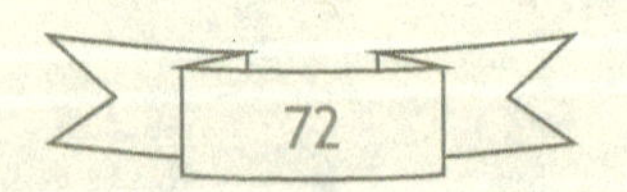

Fulanito de tal se despierta muy temprano. Todavía falta algo más de una hora para que le suene el despertador. Aun así, y aunque ya se ha levantado a hacer pis, no vuelve a conciliar el sueño.

Él es un hombre de ciencias. De hecho, estudió biología, aunque desde que vino esta nueva gerencia, le tienen manteniendo el *atrezzo* del instituto, sin poder investigar. Mientras dan paso a chiquillos recién licenciados, para que cuiden de los cobayas, le pongan el café al director de tesis y publiquen en los congresos, los más antiguos como él, es decir, los que no tienen el máster ni los requerimientos que el último gobierno exigió, han sido relegados a un segundo plano. Como tampoco les pueden echar, les habilitan para que permanezcan allí, hasta que se aclare la situación, se pidan el traslado o el que está cerca, se acabe jubilando.

Fulanito se preparó durante veinte años y consiguió logros a lo largo de su carrera. Fue el primero en publicar en inglés en una revista europea, sobre el comportamiento de las ratas y la luz. Después intentó hacerlo en España, pero el trastorno vigilia sueño, no le interesaba a casi nadie. Hasta que hace un par de años, volvió a estar de moda por el premio Nobel de Medicina y sus descubrimientos sobre cronoterapia. Entonces, contrataron a dos becarios para realizar su doctorado sobre el tema y a él, al padre de la cronobiología, por lo menos en esa universidad, casi se diría que, en España, se le hizo el favor, de poder ayudar a sus nuevos compañeros. Eso sí, sin poder firmar en ningún artículo ya que, después de los directores de tesis, tendrían que figurar, por este orden, el director del máster y después (por último), ellos, los becarios, los verdaderos autores.

Resignado, no le que queda más remedio que seguir aguantando. Pues, aunque también es fijo, ahora ha salido una ley que tampoco le permite cambiarse de departamento, pues su categoría está a punto de extinguir.

Fulanito da vueltas en la cama mientras resopla su mujer dormida. Aunque se conocieron en la misma empresa hace veinte años, ella sigue feliz de la vida y ajena a todos los cambios que se están produciendo. Permanece en su mismo trabajo de secretaria de la cuarta. Una de las de personal. Atiende a los que llegan con sus *curriculums* y después los canaliza a los diferentes departamentos. Poco más. Sigue tomándose el café de once a doce y el último viernes de cada mes, se queda con sus compañeras a tomar unas cañas.

La mujer de fulanito es una mujer feliz, aunque no haga nada para serlo. En realidad, no hace nada para nada. En eso consiste su vida. Los jueves por la tarde hace la compra que se la llevan a casa, los sábados prepara los *tupper* para toda la semana y los domingos se va a comer con sus padres. Aunque últimamente lo está haciendo sola, ya que fulanito, siempre tiene una excusa perfecta para no acompañarla.

El hombre está triste y todavía le quedan trece años para jubilarse. Mira al techo y le vienen a la memoria sus tiempos de estudiante. Lovelock, Gaia, la teoría de sistemas, y otros muchos conceptos que, aunque fueron apareciendo, no ha podido llegar a practicar con ellos.

Se lamenta porque le hubiese gustado demostrar la conexión entre los estorninos para actuar todos los individuos como uno sólo. ¿Sería una cuestión de energía telepática lo que hace que todos sigan a un líder, casi adelantándose a lo que este vaya a hacer? ¿Qué tipo de fuerza era la que les unía? Y la Tierra, ahora que parecía que por fin la gente se estaba concienciando del daño que se le está haciendo a la corteza terrestre, afectando a todo el planeta en general, incluida su atmósfera. ¿Qué diferencia había entre quemar un bosque y que alguien se quemara la piel con aceite hervido? ¿Qué diferencia entre la deforestación y la caída de pelo? ¿Acaso no era lo mismo deshidratar un cuerpo humano o un ser vivo, que secar los embalses y pantanos?

Ahora sin quererlo, le viene a la memoria, cómo no, su trabajo. También lo ve como un sistema. Como un organismo prensil que le está agarrando del cuello últimamente sin dejarle respirar. El ninguneo y el sufrimiento al que está sujeto últimamente, no es sino otra humillación de las que viene recibiendo de parte de "los nuevos" estos últimos años. A veces piensa que no puede más.

Le asalta la idea de verlo como un ser vivo. Desde el director de gestión que podría ser el corazón, hasta las uñas de los pies, que serían el resto de sus compañeros, los peones, todos tienen una misión y todos actúan en sintonía. Sí. Ahora lo ve claro. No sabe qué forma podría tener, pero es una especie de monstruo. Un monstruo que está enfermo. Porque cuando él entró ahí hace veinte años, todos estaban de buen humor y el trabajo era más fructífero, diferente, se producía más rápido, los experimentos se publicaban fuera y hasta adquirió un nombre importante, digno de recibir subvenciones. En cambio, el deterioro de todo este tiempo, lo había trasformado en un ser casi repugnante, donde era muy difícil cruzarse con alguien sin que se quejara. En el ascensor, en la cafetería, en la fotocopiadora, en todas partes, siempre había alguien que, si te acercabas, te trasmitía negatividad, pesadumbre, miedo, angustia...justo los mismos síntomas que él refirió en persona la semana pasada a su doctor.

Veía a su alrededor rostros enfermizos que sonreían cuando en el fondo trasmitían dolor. El que no había sido desplazado por la gente nueva e inexperta, había sido suspendido sin empleo y sueldo, por haber faltado un día sin justificar (¿cómo se puede justificar que te inunde la casa el vecino de arriba?). El que no había sido bajado de categoría, le habían cambiado de departamento, y el que no, había tenido que alquilar su plaza de garaje, cuando hasta entonces había sido gratis. Amén de que se dejó de pagar las dietas de comidas y todo el mundo guardaba cola en el único microondas que había a las dos y media para poder calentar su fiambrera. Los salarios no habían crecido y se había reducido la productividad, porque según ellos, la masa salarial era la misma de siempre, pero había aumentado el número de trabajadores. Haciendo cálculos con su cuñado, a Fulanito, no le habían subido el sueldo desde hacía doce años. En cambio, a los más mayores que él sí. Porque se optó por una especie de carrera profesional, a la que él no pudo optar porque era sólo para los que habían nacido en una franja de cinco años. Es decir, que ni los de antes ni los de después recibirían este suplemento. Cuestión de suerte.

El organismo del que formaba parte fulanito era una bestia que estaba empezando a hacerle sentir enfermo a él también. Había oído hablar de edificios enfermos, de personas enfermas, pero nunca jamás, se había podido imaginar, que una empresa también lo pudiese estar. Aunque era evidente que así era. Y comenzó a recordar algunas evidencias. Ya no sólo el malestar generalizado de cada individuo que lo formaba, esto es de todos sus compañeros, incluidos los *millenials* recién contratados, sino que comenzó a recordar todos aquellos que habían empezado a desarrollar cáncer o alguna otra enfermedad los últimos tiempos. Aunque en su día, él se empeñó en demostrar la relación entre algunas enfermedades y el no dormir en los ratones, no vio ninguna relación aparente para todos los que habían ido cayendo alrededor suyo. El que no había tenido una enfermedad neurológica mortal, estaba en estudio por convulsiones, habían aparecido extraños casos de alergia en alguna planta y los que habían muerto de cáncer, eran excesivamente jóvenes, para haberlo hecho por esa causa. Sólo los que se mostraban "felices" como su mujer, eran los que aparentemente estaban sanos. O por lo menos lo parecían. Pero tampoco podía asegurar que la que tenía al lado fuera valorable pues, aunque fuera su esposa, y por lo tanto, la madre de sus hijos, no sabía de qué lado estaba. Porque estaba claro que, en ese amasijo de papeles y leyes nuevas que cada día aparecían, siempre había damnificados a los que no se les renovaba, a los que se les tenía en vilo en plenas vacaciones por si se les llamaba de urgencia y otras tiranías del espacio-tiempo y de los que ella siempre salía indemne. Es más, siempre salía sonriendo y feliz de la oficina, a pesar de haber dejado a algún que otro compañero en el paro, simplemente no ofreciéndole una suplencia o no cogiendo su teléfono.

Ahora la mira fulanito como duerme y no sabe qué sentir. ¿Es probable que esté durmiendo con una célula de la parte podrida de la manzana? ¿Una de "ellos"? Porque también piensa las veces que él ha llegado abatido a casa, casi llorando por ver sus funciones cada vez más mermadas y recuerda sus palabras de consuelo. A él nunca le iban a echar mientras ella estuviera al mando de ese teléfono de personal. Ella...que apenas se sacó el secretariado en una escuela de Formación Profesional, hacía más de veinte años, tenía más poder que él, que todos los licenciados y doctores que actualmente trabajaban en el Instituto de Investigación y Ciencia. Ella, a la que él mismo enchufó para meterla cuando él era un "primer espada" y ahora había quedado reducido a un monigote, esperando a que definitivamente le fusilaran.

Sí. Estaba claro, que ella formaba parte de "los jefes". Ahora sentía miedo y repugnancia. Estaba en sus manos. De hecho, fue ella la que echó, (más correctamente sería decir que prescindió de sus servicios) a su cuñado, cuando decidió que su etapa en el Instituto había terminado. Puso de escusa que su puesto ya no tenía cabida (era el ascensorista), pero fulanito recuerda que nunca le cayó en gracia y, además, la discusión de navidades del año anterior fue la gota que colmó el vaso. En realidad, fue una forma de quitárselo de encima, de la familia y de su vida. Según ella cumplía órdenes del jefe de personal, aunque fulanito supo después, por su propio cuñado, que fue el propio jefe, uno de los últimos en enterarse.

Su empresa estaba enferma y él estaba durmiendo con un germen causante de la infección. Es más, ahora se sentía atrapado. Sin moverse para no despertarla, se siente iluminado. En la penumbra del incipiente amanecer, nunca lo había visto todo tan claro. Si se movía ella se despertaría y sus pensamientos sabios se desvanecerían. Igual que en el trabajo. Si dijera algo contra "el sistema", ella podría aniquilarlo con buenas palabras, o simplemente hacer llegar sus palabras al despacho del director, como el que no quiere la cosa, por debajo de la puerta, como una carta de despido. Aunque había cosas peores. El despido es la pena capital y a ella le afectaría. Descompondría la casa y habría divorcio, muchos más gastos y sobre todo soledad, porque los niños ya eran mayores. No. La pena capital no sería la solución para oprimirle todavía más. Unos simples comentarios verbales o en el Facebook, le podrían bajar a la segunda, a hacer fotocopias, o encargarse de revisar los textos que los de arriba, los jóvenes, acabarían publicando. Y eso ya era como pasar a un estado de denigración profunda. Lo más bajo. Por eso tenía claro que su forma de sobrevivir sería seguir inmóvil y callado. No como esos que se estaban quejando siempre por *Whatsapp*.

Los grupos que se crearon para la jubilación de algún compañero fueron cambiando de nombre por temporadas. De "jubilación de Pascual", pasó a llamarse "corona para Marta" (la de la tercera, que murió de cáncer), después "luchemos por las dietas" (cuando las suprimieron), grupo "por las 35 horas" (cuando les obligaron a hacer 37 horas y media, en vez de 35), otra vez "regalo para Carlos" cuando le diagnosticaron de ELA y se tuvo que jubilar y el que lo cambió todo "Instituto contra los despidos", cuando se decidió que sobraba un cuarto de la plantilla. Fue aquí cuando se salieron bastante del grupo, entre ellos su mujer, porque las acusaciones tomaron un tono bastante hostil, para pasar al último "Por un Instituto digno", con apenas un cuarto de los que empezaron el grupo y otros nuevos que se iban incorporando. En este, cada día había alguien quejándose por alguna pifia que le habían hecho, algún link de prensa donde se afirmaba que el instituto estaba agonizando, y de vez en cuando una denuncia pendiente contra la junta directiva.

Fulanito, sabía que el Instituto era un Goliat demasiado grande para vencer con una pedrada, que sería una denuncia particular. Para poder vencer al monstruo, había que juntarse, que unirse, que chillar todos juntos y eso, era sencillamente imposible. Todos estaban desunidos (en realidad se decía que cada uno iba a su bola), pero la verdad es que era la propia gerencia, la que procuraba que nunca estuviesen juntos. Como si se tratara de algo sutil, desde hacía años, había suprimido la cena de navidad, aun pagándose cada uno lo suyo. Los grupitos de cháchara no estaban bien vistos y podían abrirte una amonestación si te veían en horas de trabajo, charlando con tus compañeros sin hacer tus tareas. En el momento en el que alguien arriba notaba que alguno incomodaba, le tachaban de desleal y le mantenían estrechamente vigilado. Era imposible organizarse y hasta en los grupos de *Whatsapp* había infiltrados que trasmitían todo lo que en ellos se contaba a los jerifaltes. ¿Acaso una de ellas era su mujer? Porque, aunque se fue del grupo de antes, todavía quedaba otro de "compañeros del Instituto".

A partir de ahí lo tenía claro. Los que empezaron siendo sus amigos, se convirtieron en más amigos de su mujer, desplazándole en la vida y en el trabajo. Casi todos parecían felices, o por lo menos se reían mucho mientras tomaban café en la tercera. Había que hacerse sentir de alguna forma. El que había sido su mano derecha, doctor en bioquímica y actual supervisor de ensayos (en realidad, no hacía más que rellenar solicitudes para obtener subvenciones) era el que contaba los chistes más verdes de toda la oficina. De sobra sabía Fulanito los ojitos que le ponía a su mujer. Y ahora así, tumbado en la cama, se lo imaginaba acostándose con ella. Babeándola el cuello, gimiendo como un chucho lo haría para obtener el hueso. ¿Acaso no había mayor enfermedad que su decrepitud espiritual? Un hombre que había llegado casi a la cima de la investigación, trasformado en pelota rastrero de una auxiliar administrativa, aunque fuese su mujer. Y todo, porque sus hijos comenzaban a ser universitarios y el mayor ya estaba a punto de licenciarse. Cuando aún le quedan unos meses para terminar la carrera de bioquímica, el padre ya le está buscando cobijo en el Instituto, extendiendo una alfombra de pétalos delante de la única que tenía el poder de llamarle un día y ofrecerle una beca. De ahí empalmaría con una interinidad y ya le habría colocado. Después vendría el siguiente y así. Con solo pensarlo le daba asco.

El día que llegaba el delegado de algún sindicato importante, con una carpeta bajo el brazo y se reunía con el director de gestión y su secretaria, el edifico temblaba de arriba abajo. Algo terrible iba a pasar y nunca fallaba. El terremoto sectorial acechaba con novedades a punta de pistola. Bastaba un acuerdo a medias entre la patronal y los otros, saltadores de trampolín, acechando un nuevo puesto en la dirección, para que pronto corrieran cabezas escaleras abajo.

Su mujer saldría del despacho de su jefe con cara de circunstancia, y se pondría el índice en los labios al ver a su marido, encomiándole al silencio. Los compañeros de Fulanito se reían nerviosos, porque sabían que alguno del grupo iba a abandonar el *Whatsapp* pronto, al tocarle la bala en esa ruleta rusa y todos le miraban a él, por si supiera algo antes de llegar a casa. Pero ni siquiera en casa era digno de conocer los secretos de su empresa, porque su mujer solo le daba pistas. Pistas que él había interpretado erróneamente, al ver que al día siguiente se despedía a otro diferente del que habían hablado el día anterior en la cena.

Algunos de ellos le consideraban un traidor, porque él apostaba por un nombre, cuando en realidad el veredicto era otro. Nadie se podía imaginar que a él también le habían engañado. Pero reconocía que era culpa suya, cuando pedía más información, pese a la advertencia de su mujer de que no iba a decir n-a-d-a del trabajo una vez en casa. Entonces ella le daba rodeos, le contaba algún chisme y le tenía contento, aunque en el fondo a él, ya no le ponía esto. El poder que fue adquiriendo su esposa en los primeros años, fue la principal chispa para sus polvos. Cuanto más subía ella, él se sentía más escogido, cuando en realidad sin él, nunca hubiera podido entrar en el Instituto.

Ahora se sentía a salvo, pero a punto de languidecer. Las normas de los jefes cada vez eran más estrictas (a partir de hoy solo se puede consultar la intranet, hemos quitado el wifi para ahorrar, hemos decidido que "la nueva" será vuestra supervisora, nadie puede tomar café antes de las once y además, hay que venir un sábado al mes para recuperar) Esto hacía que a la gente, además de malhumorada, se le estaba yendo la cabeza (menganito ha sido denunciado por acoso, a Rita la han pillado con dos rollos de papel secamanos en su taquilla, a Fermín le han colocado grabando una conversación en el ascensor, etc). Lo único en lo que todos estaban de acuerdo era en que el Instituto se estaba cayendo a cachos, que eso era una mierda, los sindicatos habían convocado un concurso de traslados a medida de los interesados, la incorporación de los nuevos becados estaba amañada, no sé sabía dónde colocar ni qué mandar a los viejos de la empresa, los presupuestos no llegaban y todo, todo, estaba sucio. La contrata de la limpieza venía un día sí y otro no, el compañero que le saludó afable en el ascensor por la mañana, acababa de publicar un *Tweet* negativo contra él; la pareja que se casó hace unos meses se acababa de separar, porque ella le había puesto los cuernos, con el que era el amante de la ex del exmarido y todos vienen tarde, a desgana los lunes, para marcharse a primera hora los viernes. En navidades la plantilla está bajo mínimos, porque todo el mundo se ha puesto enfermo y en verano, son los jefes los que lo dejan todo empantanado mientras están en Tailandia disfrazados de Coronel Tapioca.

Fulanito bosteza y su mujer se mueve. Le mira de soslayo y le pregunta si está despierto. Él no sabe si ha estado soñando y si lo que ha soñado ha sido cierto. Preferiría entonces despertarse de verdad. Pero el sol comienza a formar sombras y el reloj vibra encima de la mesa.

Está claro que ha de volver a esa comunidad enferma de malnacidos conformistas que no hacen más que quejarse, si quiere seguir subsistiendo. La mujer se levanta pizpireta de un salto. No sabe qué le dice, pero lo dice bien alto y con sorna, seguido de una carcajada. A él ni le ha hecho gracia, ni tampoco le hace gracia ya ella. Tiene un serio problema, porque sabe que cualquier día de estos él también va a ser víctima de un cáncer u otra enfermedad mortal. Lo presiente cada vez que alguno de los suyos es baja definitiva. Por eso se viste con miedo. Desayuna con miedo y se ducha más tiempo de lo normal, para poder llorar a gusto sin que le descubra su "jefa". Se siente atrapado porque ya es demasiado mayor para cambiar todo. Para lograr otro destino tendría que cambiar su vida, volver a nacer. Quizá estudiar otra cosa, como su mujer. Una FP de administración, o algo por el estilo, para poder ejercer en lo que se ha formado. De momento ha quedado reducido a casi nada. Ya no es investigador, ya no es un hombre de ciencias, sino un simple currito que no sabe cuánto le queda y por supuesto, ya ni siquiera se siente marido. Se ve un ser pequeño y desgraciado. Se mira las palmas de la mano y su rostro frente al espejo, mientras su mujer le chilla desde la cocina. Por un momento lo nota, está seguro de ello: la enfermedad ha entrado en su cuerpo y a partir de hoy ya está enfermo. El virus que está corroyendo su empresa, el que ha acabado con su dignidad y la de los suyos, el que hace que sólo se hable del trabajo en el trabajo y fuera de él, el mismo que ha empoderado a su mujer, ha entrado en su casa y en su cuerpo, y presiente el comienzo de una cuenta atrás. Es posible que en el fondo no le importe. Visto lo visto, sería la única manera de escapar del Instituto y de la vida que lleva.

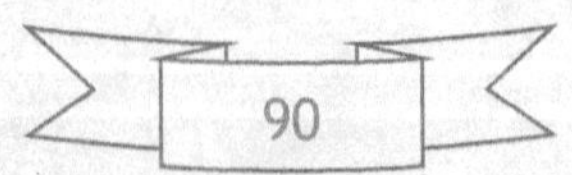

TIEMPOS DIFÍCILES

Se conocieron en un curso ofrecido por la International House para desempleados y trabajadores por cuenta ajena, dentro de su programa de formación subvencionada. Para la prestigiosa academia, era la vía para obtener dinero europeo, mientras que, para ellas, significaba la oportunidad de lograr un título de Cambridge de forma gratuita.

Aunque Laura ya había realizado cursos de inmersión de nivel C1 y Paloma había vivido casi un año en Inglaterra, ambas necesitaban el certificado oficial que la Universidad otorgaría al finalizar los nueve meses de clases. Era una excelente oportunidad, pero requería del sacrificio de asistir dos veces por semana al mediodía (de dos a seis de la tarde). Los horarios restantes estaban reservados para quienes pagaban, por lo que no tenían motivos para quejarse.

En realidad, Laura no necesitaba el nivel C1, sino el Occupational English Test (OET) para trabajar como enfermera en Inglaterra. Aunque los periódicos vendían la necesidad de enfermeros en el Reino Unido, su colegio oficial solo aceptaba este certificado para otorgar contratos. Paloma, recién llegada de trabajar como camarera en el país anglosajón, necesitaba el IELTS para ser azafata de eventos en Australia, donde se pagaba mejor y estaba en proceso de selección.

Laura y Paloma, como enfermera y azafata de eventos respectivamente, coincidieron en un curso que las obligaría a pasar muchos mediodías juntas durante el próximo año para obtener un título que, en el fondo, no lo querían, pero era gratis e imprescindible para lograr sus objetivos.

Hoy, casualmente, ambas han tenido una entrevista vía Skype por la mañana, y al llegar al centro se la comentan:

Intercambiando experiencias, se dan cuenta de que las preguntas han sido las mismas:

- Háblame de ti.
- Cuáles son tus puntos fuertes y débiles.
- Por qué elegiste nuestra empresa.
- Por qué quieres trabajar en este país.
- Cuéntame sobre tu carrera profesional, inquietudes y expectativas salariales.
- Dónde te ves en cinco años.

Al mencionar esta última pregunta, Paloma rompe a llorar frente a su amiga: " Que ¿cómo me veo en cinco años?" Se ríe, la futura azafata, ¡pues ganando un montón de dinero y viajando por el mundo, idiota!

Cada vez que tienen una entrevista se ríen y comparan las preguntas, aunque sus respuestas son siempre las mismas. A veces, Laura es la que pasa a la segunda fase del proceso de selección y otras veces es Paloma. Pero nunca llegan al final, ya sea por la entrevista técnica, las expectativas salariales o simplemente, como dicen al otro lado de la pantalla, "no son el perfil que buscan, aunque les deseen mucho éxito en sus carreras profesionales".

De esta manera, han pasado los años; buscando, estudiando, haciendo cursos como este o asistiendo a ferias presenciales y virtuales sobre cómo alcanzar el éxito. Por ahora, en España, van encadenando trabajos: Laura como enfermera suplente (desde que terminó la carrera hace ocho años, el contrato más largo que tuvo fue de tres meses) y Paloma como camarera y azafata en exposiciones y ferias, en España y durante nueve meses en Inglaterra, aunque nunca haya trabajado más de tres días seguidos.

Ambas intercambian recursos y recomendaciones, así como canales de YouTube para preparar entrevistas de trabajo. Además, Laura conoce a una amiga de una amiga que es reclutadora experta y enseña a los seleccionados a responder exactamente lo esperado en cada momento de la entrevista adecuada para el puesto. Porque no es lo mismo decir "soy demasiado perfeccionista" que simplemente "perfeccionista", y además hay que poner un ejemplo (inventado, por supuesto). "Soy tan perfeccionista que hasta que no sale todo perfecto, no soy feliz", "Me esfuerzo tanto por la perfección que estoy dispuesta a hacer lo que sea para que su empresa venda más tomates", o "Persigo la perfección hasta tal punto que, si no supero la facturación de su empresa este año, me afeitaré la cabeza o me pondré una cresta punk".

En cambio, Paloma ha pagado una fortuna a un preparador excepcional, que en cinco horas, le dice qué responder, cómo peinarse, qué color de ropa usar y dotes básicas de lenguaje corporal para la entrevista de la feria de queso en Francia el próximo año.

Se trata de una odisea cara y sacrificada para estas dos jóvenes entusiastas de la vida que, aunque cerca de los treinta y cinco, no se plantean tener hijos. ¡Por Dios! Si todavía no saben dónde van a estar los próximos cinco años que les preguntan siempre.

Hoy en la academia, además de divertirse recordando las entrevistas del día anterior, han acordado disfrazarse la una de la otra para la siguiente. Después de tanto tiempo, creen conocerse lo suficiente como para anticipar las respuestas de la otra a ciertas preguntas. La primera es para un laboratorio en China (al que Laura nunca iría), y la segunda es para una feria de artesanía en Galicia, con un contrato de becaria que implicaría pérdidas solo por el viaje en tren y la manutención. Por lo que aceptan el reto de intercambiarse la identidad a ver qué pasa.

Las entrevistas tienen lugar el mismo día, casi a la misma hora. Cada una se enfrentará a la suya desde su casa. Aunque las preguntas son similares y en español (la entrevista para China la realiza una agencia local), por lo que resultan fáciles de responder. Además, ambas son morenas de pelo largo y liso, y con las mismas gafas podrían pasar por hermanas.

El resultado final es doblemente inesperado. Ambas triunfan y obtienen el puesto que originalmente era para la otra.

Por la tarde se encuentran de nuevo en el centro de idiomas. Cansadas de las clases lentas, firman su asistencia y se marchan durante el descanso. Van a la cafetería de enfrente para celebrar que han conseguido sendos trabajos que no van a aceptar. Uno está demasiado lejos y el otro es una ruina económica. Aun así, se ríen y comentan sobre la próxima feria virtual de organismos internacionales. Esas ferias donde solicitas turno y te ponen en cola de un chat, hasta que un reclutador al otro lado del mundo virtual comienza a preguntar sobre tu vida.

Ya han participado en varias y nunca les ha servido de nada. Además, es solo un chat. Preferirían interactuar con alguien que demuestre un poco de interés, alguien que las anime a esforzarse en responder bien. Porque hacerlo a una pantalla congelada, con una foto y en un espacio limitado, como un tweet, contando caracteres para describir su experiencia profesional, les resulta decepcionante.

Después de todo el esfuerzo de buscar un trabajo cada día, enfrentarse a proyectos diversos, a jefes y compañeros, luchar por hacerlo lo mejor posible, alcanzar un nivel de inglés deseado certificado de manera costosa y difícil, para luego verlo reducido a eso...

Laura y Paloma solo se toman una cerveza cada una. El resto lo harán en casa, porque el lugar es caro y todavía no han cobrado el desempleo este mes. Con suerte, alguna de ellas, llegará a los cuarenta siendo madre y cobrando algo más de mil euros. Al fin y al cabo y, aunque no logren trabajar de lo que se han estado preparando toda su vida, no se quejarán, sino todo lo contrario.

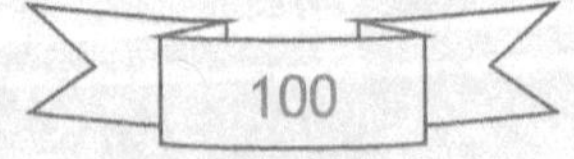

EL BOMBÍN

Andrea Morelli cometió el grave error de pedirse una excedencia. A pesar de habérselo pensado durante mucho tiempo, de haber hablado sobre el tema con gente tan variopinta como su abuela (Alzheimer), su madre (por Skype) y su hermana (por WhatsApp) y de haber sopesado los pros y los contras de marcharse (por fin) de la empresa (en la ciudad), para irse a una similar más tranquila en el campo, no se decidió hasta el último momento. Porque Andrea llevaba veintiocho años en la central de Madrid y el EPOC y el precio del alquiler recién disparado, hizo que una mañana temprano, armado de valor, golpeara con sus nudillos la puerta del señor director.

Pero el señor director (para variar) estaría tomando café. O fumando un cigarrillo en la puerta de la calle. Así que decidió bajar por la escalera para no encontrarse a ninguno de los suyos. Le preguntarían el porqué de su visita a las oficinas centrales a esa hora de la mañana, ese día de febrero y él, que no sabía mentir, no podría sino decir la verdad: que había venido a pedir una excedencia.

— ¿Una excedencia? — le pregunta Ramiro nada más encontrarle.

— Sí. Me marcho a la competencia. Bueno — bromea al ver el rostro serio de su amigo —. Solo una temporada. Ya sabes, los pulmones, la contaminación, Madrid... Me lo ha recomendado el médico — titubea.

— En ese caso te deseo mucha suerte — le dice el colega nada convencido.

Andrea desciende por la escalera, pero ni rastro de su jefe.

— ¿Has visto al señor director? — pregunta al de registro, el cual trata de apurar el trago de una lata escondida en un periódico.

Negativa la respuesta, opta por buscarle en el primer sótano. Es posible que haya ido al taller a comprobar el estado de los vehículos.

— ¿Has visto al señor director? — repite al encargado del material de mecánica. Pero corriendo se sube la bragueta o hace algo, que le demora la respuesta en su rostro berenjena. La pantalla del ordenador aún se refleja en sus pupilas como algo que sube y baja, sube y baja, sube y baja.

Negativa la respuesta, se dirige de nuevo hacia arriba, donde se encuentra de nuevo con Ramiro, esta vez acompañado de una chica.

— ¿Ya le has dicho al jefe que te piras? ¿Y cuándo? ¡Dímelo pronto para darle tu taquilla a esta monada! — mientras, desaparecen escalera abajo.

Andrea sube de nuevo y parece que ahora sí se escuchan voces detrás de la puerta. El señor director abre de manera impulsiva y con cara irascible. Busca con sus ojos a la secretaria y le recrimina su visita sin aviso.

— Su secretaria está abajo fumando, señor director. Ha sido ella la que me ha aconsejado que volviera a subir.

El director le recibe con el altavoz del teléfono abierto.

— ¿Y bien?

Andrea observa cómo el señor director contesta un mensaje desde su móvil.

— Tengo prisa. Ve al grano.

— Señor director... este... me marcho.

— ¿A dónde?

— A Castilla y León.

— ¿A dónde? Que yo recuerde no tenemos ninguna oficina allí.

— Por eso se lo digo. Me voy a...

— ¡Ya! — sentencia el jefe levantando la mirada y guardándose el smartphone en el bolsillo de su chaqueta.

— Le he pedido una excedencia y no sabía si usted la había recibido. Como nadie me ha dicho nada.

— Por supuesto que recibí su mensaje, señor...

— Andrea Morelli.

— Eso... señor Andrea. Pero pensé que era una broma a estas alturas.

Andrea traga saliva y siente temblar las piernas.

— Verá, señor director, mis pulmones...

— ¿Qué pulmones? — le mira por primera vez a los ojos.

— Tengo EPOC.

— ¡Ah! ¿Y?

— Necesito un aire más limpio, menos caro todo, en fin... es una decisión difícil, pero...

— Pero qué.

— Creía que podía.

— Claro que puedes, pero no sé cómo te atreves. En fin, ya sabes, la empresa. Estamos faltos de gente. ¿Dónde dices que te vas?

— A la empresa Zamorano e hijos.

El director de gestión levanta las cejas y aparta los ojos del señor Morelli. Comienza a tratarle de usted. Al principio le hace ver las desventajas de marcharse, le advierte que lo va a perder todo o que como mínimo, lo va a pasar muy mal.

— Pero... eso no es verdad, señor director. El sindicato no me ha dicho nada de eso.

Después, halaga su estancia en la empresa. Su labor fundamental. Su papel indispensable, su figura referencial, su empatía, simpatía y camaradería para con los compañeros. Lo mucho que le quieren.

Andrea Morelli parece azorado, soba la gorra que tiene entre las manos y le agradece de vuelta al señor director, lo mucho que le ha ayudado los años que lleva allí.

Al mostrarse inflexible, el jefe le observa de arriba abajo. Por su altivo gesto, siente que da lástima, como si le diera vergüenza de pronto ser como es. Le sigue con los ojos, pero ve que la mirada de su jefe se desplaza diez centímetros por encima de su cabeza. Es la hora de comer.

— Me parece muy bien. Haz lo que creas conveniente. Allá tú. Pero luego no digas que no te lo advertimos.

— ¿Advertido de qué? — vuelve a preguntar temeroso Andrea.

El director se acerca al hombre de mono azul y observa la gota de sudor que cae sobre la moqueta, la cual es aplastada con la punta del zapato como si fuera una colilla.

— Me estás manchando la moqueta. ¡Haz el favor de salir de aquíííííí! — grita fuera de sí, empujándole en el hombro y abriéndole la puerta.

La secretaria, asustada, minimiza la página de Amazon y observa a Andrea por encima de sus gafas.

Sin decir nada se levanta y acompaña a Andrea a salir por la puerta.

— Te lo dije, hoy no se ha levantado con humor. ¿No podías haber esperado a mañana para decirle lo que sea?

Andrea observa a esa mujer regordeta, de rostro dibujado como si fuera una acuarela.

— Me marcho, Tina. Era lo que le venía a decir. Son veintiocho años en la empresa, ¿comprendes? No puedo más. Es por mi salud.

La mujer se muerde el labio de abajo sin dejar de mirarle por encima de las gafas. Es tan pequeña que no podría ser de otra manera. Aun así, ella también le empuja. Le empuja y le aconseja al mismo tiempo que si es verdad que no vuelva y que todavía tiene tiempo para pensárselo.

— No, Tina. Mis pulmones. Allí, en Zamora, tengo una casa que me sale gratis y estoy en plena naturaleza. El clima de Madrid me está matando. No sé, estoy un poco triste. Son veintiocho años aquí... me esperaba otra cosa.

La mujer diminuta le mira sin inmutarse. Tan solo le replica con sorna.

— ¿Y qué esperabas, Andrea? Haz el favor de largarte y no aparezcas por aquí nunca más. No me extraña la reacción del pobre director.

El ascensor se abre y otro compañero está dentro. Tiene una cabeza grande como de rottweiler y unos brazos como yunques. Le mira, le observa de arriba abajo. Andrea balbucea un saludo que no es correspondido. El que sale y la secretaria se miran y después observan cómo se cierra la puerta del ascensor.

— Ya he cambiado el bombín de su taquilla — exclama el cabeza-perro.

Tina sonríe y deja caer más despacio que nunca sus pestañas.

VIDA SANA

Ya han pasado las siete y media y Sara ha vuelto a apagar el despertador. Lo pone cada diez minutos desde las siete todos los días, trabaje o no. Sabe que cuanto antes se levante, más rendirá, especialmente en las primeras horas cuando su marido se encarga de llevar a los niños al colegio y ella se queda sola. Debido a que trabajan a turnos, muchas mañanas o tardes, coinciden en casa los dos. Pero cuando él está, ella no puede hacer lo que le gusta, al menos nada que requiera concentración. Cuando están juntos, se dedican al trabajo físico: las labores de la casa, la compra, y se ocupan de la lavadora; mientras uno tiende la ropa, el otro la descuelga... hasta que finalmente él se va y ella queda sola.

Entonces puede poner la música que le gusta, sentarse a ver un documental o, aún más, leer, escribir y pintar, algo que Sara ha empezado a desear hacer ahora que se acerca a los cuarenta.

Ambos son una pareja sana, especialmente ella, que no fuma. Aunque el médico le ha recetado enalapril de 5 mg para evitar los picos de tensión alta que a veces sufre. Evita las grasas, aunque la simvastatina mantiene su colesterol al límite, y nunca ha tenido ningún problema grave aparte de una apendicitis.

A veces le duele la cabeza, por lo que suele tomar ibuprofeno de 600 mg cada 8 horas, aunque, como le afecta al estómago, toma omeprazol para prevenir la gastritis. Hoy, sin embargo, se levantó sin jaqueca. El sueño reparador la dejó como una loncha entre las sábanas, completamente relajada. Pareciera que estuviera muerta, si no fuera por su bruxismo, que la hace mordisquear y dañar el esmalte de los dientes.

El alprazolam que toma por las noches es de baja dosis, apenas 0,5 mg, pero ya se ha vuelto dependiente de él. De hecho, si no cena en casa o come fuera y se olvida de tomarlo, el insomnio está asegurado. Por eso, se lo tomará a medianoche y el efecto la hará despertarse un poco más tarde de lo normal.

Además del omeprazol que toma diariamente para su reflujo y el alprazolam para el insomnio, no pasa un día sin que tome algún ansiolítico como ketazolam por las mañanas. Desde que su madre ha comenzado a mostrar signos de Alzheimer y empieza a olvidarse de las cosas, Sara sufre a menudo dolores en el pecho que los médicos han atribuido a causas no cardíacas. Ella intenta analizar si es remordimiento por no estar con su madre todo el tiempo o si debería considerar llevarla a una residencia, aunque su madre siempre se ha negado. Cuando llama a su madre y no contesta, tiene que tomar una pastilla rosa, ponerla debajo de la lengua y esperar. Al principio, solía ir a su casa para comprobar que todo estaba bien, pero después de que varias veces ocurriera y descubriera que lo único que pasaba era que no había oído el teléfono, es cuando peor lo lleva. Para colmo, le contrataron lo de la medallita y ni siquiera sabe dónde la pone cada día, porque la buena mujer reniega de ella.

Últimamente, las cajas de pastillas rosas se acumulan. Antes guardaba sus medicinas en la parte superior de la nevera, pero ahora las tiene localizadas en varios puntos de la casa, para tenerlas a mano en cualquier momento.

Aunque Sara sea una mujer con buena salud, de vez en cuando necesita tomar algún remedio para sobrellevar la ansiedad diaria. Sabe que debería reducir su consumo de café, del cual no puede prescindir. Uno al despertarse, otro una hora después, a veces un tercero a media mañana, uno después de comer y quizás otro más por la tarde.

Cuando su marido no trabaja, no puede concentrarse en nada, así que optan por ir al gimnasio juntos. Sara se apunta a clases como pilates, zumba o hipopresivos. Luego utiliza las máquinas de ejercicio mientras lee en su tableta sobre la elíptica. Es la única forma en que puede hacer deporte y leer al mismo tiempo. Pero si su marido quiere ir a la piscina, debe abandonar la lectura.

Después del ejercicio, disfrutan de una o dos cervezas bien frías. Además de ser una buena hidratación, les encanta su sabor. Cuando regresan a casa con hambre, a veces tienen intimidad, dependiendo de cómo se sientan. Luego comen algo rápido del congelador, como una pizza, y terminan la noche en el sofá viendo las noticias, lo que suele provocar malas posturas y a veces dolores de espalda o ciática. Para esto, a veces deben tomar al menos un relajante muscular como el metocarbamol.

Ya solo le queda a Sara tomar la última pastilla de un día normal, y siempre lo hace cuando recoge la cocina. El método de tener los medicamentos a la vista ha funcionado, ya que antes solía olvidarse. Esta última pastilla es el anticonceptivo habitual, aunque sea pequeña, es fundamental para evitar un embarazo en esta etapa de su vida. Además, lo ha estado tomando siempre.

Hoy es viernes y su madre tiene cita con el médico, así que Sara la acompañará. Como se quedó un poco más de tiempo en la cama esta mañana, no tendrá tiempo libre para ella, ya que justo cuando llegue su marido, tendrá que salir por la puerta.

Primero deberá ir a casa de su madre y luego llevarla al centro de salud, donde tiene cita a las 12:10. Su madre es una mujer delgada pero muy enérgica. Desde que enviudó hace cinco años, lo único que la preocupa es que está empezando a perder la memoria, especialmente dónde deja las cosas, o si ha encendido o apagado las luces y el gas. Por eso van al médico, para que le hagan un informe, por si fuera necesario comenzar a gestionar su ingreso en una residencia. Es una mujer de campo porque ha vivido toda su vida en el pueblo donde nació hace 93 años, antes de mudarse a la ciudad. Se trata el insomnio con leche caliente con azúcar, nunca ha tenido problemas de tensión arterial, su especialidad es la chacinería, a lo que se ha dedicado siempre. No sabe lo que es una crisis de ansiedad, para los dolores óseos se aplica friegas de alcohol de romero, no recuerda la última vez que probó el alcohol y siempre toma café descafeinado.

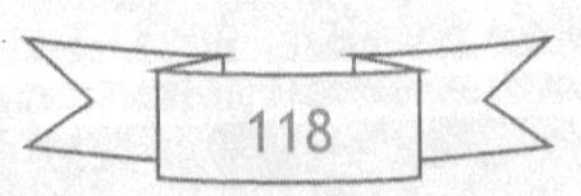

LA MARIONETA

Se despertó a las seis, como cada mañana. Se afeitó, se acicaló y se puso el traje de alpaca, pues hoy era un día especial. Mientras la cafetera comenzaba a eructar, Fermín pidió a Yadira que despertara a los niños. La señora estaba de guardia y no debía llegar tarde al trabajo; ella misma se encargaría. Los niños se levantaron y le dieron sendos besos a su padre. El mayor, un niño de nueve años, quiso desearle lo mejor en ese día, haciendo además una broma.

—¡Buenos días, señor presidente!

—¡Sí, eso! ¡Buenos días, papi, digo, presidente! —repitió la pequeña.

Porque el señorito, como lo llamaba Yadira, era el presidente de una de las principales agencias de comunicación del país. No solo se le consideraba un hombre con carisma, sino que su buena apariencia había sido destacada en los dominicales algunas semanas, cuando había que recurrir a reportajes de archivo. Al fin y al cabo, no llevaba mucho tiempo como presidente de la compañía, y su entrevista, pulcra, económica, aséptica y atemporal, podía aplicarse a lo largo de todo un año, siempre que no hubiera grandes incidentes en la economía del país.

Se montó en su Q7 y arrancó el motor, sintiéndose como si volara en un avión rumbo al trabajo. Hoy sería diferente. Hoy podría demostrar no solo su valía, sino también su poder. P-o-d-e-r... ¡Qué palabra tan deliciosa y qué emoción vocalizarla en voz alta cuando se encontraba solo!

Al llegar, ya lo esperaba en la puerta el aparcacoches, disfrazado de esclavo elegante. Le abrió la puerta acompañado de un: "Buenos días, señor presidente. Que tenga usted un buen día". A lo que él respondió con un gesto de cortesía-compasión, y una frase que se volatilizó en el aire.

Entró en el vestíbulo. Su asesor lo esperaba. Por su expresión, era el único que ese día no se alegraba mucho de verlo.

—Tenemos que hablar. Ha surgido un imprevisto, Importante, muy importante. Ven a mi despacho, por favor. Es muy urgente.

El señor presidente siguió a su asesor. Hoy estaba pletórico, hoy estaba feliz, pues se lograría la fusión con la multinacional Mayer, una de las operaciones más esperadas desde antes de su llegada al poder y, quizás, su mayor logro en ese año de presidencia.

—Imposible. Han salido los últimos datos de la auditoría externa y sería un grave error fusionarnos con ellos.

El señor presidente palideció; después sudó, y sus intestinos se convirtieron en zarajos. “Será una broma, ¿verdad?”

—No. Hemos logrado infiltrar los datos y cruzarlos con los nuestros. ¡Están asfixiados y podríamos llegar a perder mucho dinero! —insistió el asesor.

Tras una grave discusión sobre si sería conveniente o no la operación mercantil, el presidente fue consciente de que su actitud no era la que debía. Él, como presidente, era el único que podía decidir, así lo estipulaban los estatutos, y así lo decidió cuando, rápidamente, se dirigió hacia su asesor para hacer uso de su supremacía:

—Yo soy el presidente y decido que esto se hará como yo diga.

El asesor, medio sentado en la mesa de su despacho, sonrió con ironía. No pasaron ni dos tonos de teléfono cuando alguien le respondió al otro lado. Llamó a fulanito para que viniera inmediatamente.

Fulanito accedió al lugar de la discusión. El presidente se sintió cohibido, pero trató de disimularlo. El asesor y fulanito (a quien nunca había visto hasta ese día) cruzaron varias frases lapidarias entre sí para hacerle ver al presidente que no le quedaba más remedio que firmar. Volvieron a levantar la voz y, finalmente, le entregaron los papeles. Eran los papeles que anulaban la fusión, con su rúbrica perfecta. Su firma, la suya. La única que determinaba que él estaba de acuerdo. Solo que ahora no lo estaba, aunque eso era lo de menos. Zozobró, lloró, se aguantó los insultos y salió rubicundo y humillado por la misma puerta por la que entró fulanito como Pedro por su casa.

—¿Se habrá creído este que lo hemos puesto para que tome alguna decisión cuando no sirve ni para mandar a tomar por culo? —dijo fulanito al asesor.

—Eso parece. Pero si vuelve a cuestionarnos, lo largamos.

El asesor y fulanito se marcharon a celebrarlo a la cafetería del edificio de enfrente, mientras el señor presidente recibía lecciones de otro asesor, el de imagen, sobre cómo debía colocar las manos en el atril, cómo dirigir la mirada al público expectante y el modo de controlar las muletillas, sin olvidar que le estaba prohibido cruzarse de brazos:

—Es muy importante que la gente sepa que no eres una persona hostil, sino un líder afable y humano —dijo el asesor, y con aliento a clorofila lo repitió—: Un líder, ¿comprendes?

INDICE:

Cronianta...9

Cronos y la periodista 21

Electrónica..33

Atrapada...41

El accidente...55

Sueños rotos...71

Tiempos difíciles..91

El bombín..101

Vida sana..111

La marioneta...119

www.ingramcontent.com/pod-product-compliance
Lightning Source LLC
LaVergne TN
LVHW041042150826
845672LV00001B/435

* 9 7 8 8 4 0 9 6 4 2 2 9 8 *